FSC
www.fsc.org

MIX

Papier aus ver-
antwortungsvollen
Quellen
Paper from
responsible sources

FSC® C105338

AF235491

Claudia Krause

Bibliographische Informationen der Deutschen Nationalbibliothek: Die Deutsche Nationalbibliothek verzeichnet
diese Publikation in der Deutschen Nationalbibliographie;
detaillierte bibliographische Daten sind im Internet unter
dnb.dnb.de abrufbar

©2021Claudia Krause
Herstellung und Verlag: BoD- Books on Demand;
Norderstedt
ISBN: 9783752660821

Ein neues Leben

Die Spielerfrau

1

Claudia Krause

Claudia Krause

Das Buch:

Es handelt sich um eine fiktive Liebesgeschichte zwischen einer Lehrerin und einem Fußballstar und die Probleme, die auftauchen können. Die Ähnlichkeit zu lebenden Personen ist rein zufällig und nicht beabsichtigt. Zum leichteren Verständnis habe ich einen existierenden Verein gewählt.

Der Autor:

Claudia Krause ist verheiratet und lebt in Landshut. Die Geschichte um die Spielerfrau ist ihr 2. Roman im Erwachsensegment. Außerdem hat sie noch 2 Kinderbücher veröffentlicht

Inhaltsverzeichnis

Claudia Krause

Kapitel 1 Das Kennenlernen

-Jessica-

Ein wieder einmal so ein Tag, an dem alles schiefläuft. Am Morgen hat die U- Bahn Verspätung, so dass ich erst kurz vor acht Uhr ins Klassenzimmer komme. Und wie sollte es anders sein, an solchen Tagen kommt es meistens zu vermehrten Streitigkeiten, so dass eine Menge Zeit zur Schlichtung draufgeht. In der Pause muss ich feststellen, dass ich übersehen habe, für die Projektwoche den Stadionbesuch zu buchen. Also nach der Arbeit in die U- Bahn und ab zum Stadion. Dort bekomme ich kurz vor knapp noch einen Termin und eine Menge Unterlagen zum Ausfüllen. Genervt blättere ich in den Papieren und stürze aus dem Raum, kurz darauf werde ich unsanft von den Füßen geholt. „Was zu Teufel", schimpfe ich, „können sie nicht aufpassen?" „Entschuldigung", antwortet eine dunkle Stimme und ich ergreife die, mir dargebotene Hand, die mich schwungvoll wieder auf die Füße stellt. Erst jetzt sehe ich mein Gegenüber an. Oh verdammt, das ist ja...„ William Karl", stellt er sich vor. „Ich weiß", stottere ich, „Jessica Müller". Von all den aktiven Spielern muss ich ausgerechnet gegen den Torwart laufen. „Haben sie sich weh getan?", offensichtlich deutet er mein Schweigen falsch, doch meine Stimme will mir nicht gehorchen, so dass ich nur den Kopf schütteln kann. „Kaffee?", fragt er nach, „als Entschädigung!" „ist nicht nötig, danke", flüstere ich. Verdammt, was ist nur los mit mir? Gut, ich bin ein Fan von ihm, aber ich bin auch eine erwachsene Frau. Also reiß dich gefälligst zusammen, ermahne ich mich selbst. „Aber nur wenn sie Zeit haben", sehr sinnvoll Jessica. „Die nächste Trainingseinheit ist morgen um 9.00 Uhr", lächelt er. Moment mal- er lächelt? Eigentlich kennt man ihn nur verbissen ernst. „Ich muss um 7.30 Uhr in der Schule sein", grinse ich zurück. „Da haben wir ja eine ganze Nacht." Was wird das denn? Flirtet er etwa mit mir? „Da hat ihre Freundin sicher etwas dagegen. Und mein Partner auch", meine ich immer noch, oder schon wieder verlegen. „Gegen einen Kaffee?" Er muss mich für völlig bescheuert halten. „Sorry", murmele ich, „irgendwie stehe ich gerade neben mir." Er sieht mich an und schmunzelt. „Naja, ich werde ja schließlich nicht jeden Tag von einer Ikone von den Beinen geholt", entgegne ich und merke, wie sich seine Stimmung verändert. „Ich würde sie gerne als William zum Kaffee einladen, nicht als Torwart." Verblüfft sehe ich ihn an und versuche ein Lächeln, „Aber dann nur Jessica und nicht den Fan." Nun ist es an ihm zu lächeln. „Einverstanden, aber nicht hier." Gemeinsam verlassen wir das Stadion und er weist mir den Weg zu einem kleinen Café in der Nähe. Dort setzten wir uns in eine abgeschirmte Ecke. Auch hier im Halbdunkel trägt er seine dunkle Sonnenbrille. „Nicht so einfach, oder?", frage ich ihn, als er mir gegenübersitzt. „Was?", fragt er nach und endlich nimmt er seine Brille ab. „Nur William zu sein", antworte ich. „Nein," presst er hervor, „erzähl mir lieber von dir." Wie selbstverständlich war er zum DU übergegangen. „Von mir? Da gibt es nicht viel zu erzählen. Ich bin Grundschullehrerin und sollte einen Termin für unsere Projektwoche ausmachen- Mist, die Unterlagen habe ich nicht ausgefüllt. Jetzt muss ich noch einmal hin." „Ich kann sie morgen gerne für dich abgeben, ich bin ja schließlich schuld", seine dunkle Stimme wirkt absolut entspannend, „was wollen sie denn alles wissen?" Genervt über meine eigene Schusslichkeit ziehe ich die Blätter aus der Tasche und beginne sie auszufüllen. Nach gefühlten Stunden, in denen William mich genau beobachtet, schiebe ich ihm die Blätter hin. „Danke, aber nicht vergessen." Nun können wir Lehrerin und Torwart hinter uns lassen und schon bald stelle ich fest, dass das Bild, das von ihm in der Öffentlichkeit vorherrscht, völlig falsch ist. William erweist sich als sympathischer Gesprächspartner. Aus einem Kaffee werden ein Abendessen und ein Cocktail. Das Vibrieren meines Handys ignoriere ich eisern. Und auch er scheint sich sichtlich zu entspannen. So wird es schließlich 21.00 Uhr als wir das Café verlassen. Seinen Vorschlag, mich nach Hause zu fahren, lehne ich ab und nehme ein Taxi. Er drückt mir seine private Handynummer in die Hand und meint zum Abschied: „Vielleicht meldest du dich mal wieder- ich habe den Abend sehr genossen." „Mal sehen", antworte ich. Doch kaum fährt das Taxi an, tippe ich eine sms. „Hat Spaß gemacht- bis bald. J". Bevor ich es mir anders überlegen kann, schicke ich sie ab. Postwendend kommt die Antwort „Ebenso- W". Die Taxifahrt ist viel zu schnell vorbei. Im Arbeitszimmer brennt noch Licht. Also arbeitet Richard, mein Lebensgefährte noch. Den ganzen Abend habe ich nicht eine Minute an ihn oder an die Arbeit gedacht.

- William-

Was für ein entspannter Abend. Es ist einfach gewesen, nur ich selbst zu sein. Will, der Torwart ist ganz weit weg. Ich habe mich schon lange nicht mehr so wohl gefühlt. Vielleicht liegt es daran, dass Jessica absolut nicht in mein Beuteschema passt. Sie ist viel zu selbstständig, als dass sie über mich bekannt werden will. Außerdem ist sie dunkelhaarig, aber mit atemberaubenden blauen Augen, langen Beinen und ist nur ca. 15 cm kleiner als ich. Aber das Wichtigste ist- sie ist eine gute Gesprächspartnerin und ich muss sie unbedingt wiedersehen, um sie näher kennen zu lernen. Und ihre sms ist wie ein Versprechen. Lächelnd halte ich die Anmeldepapiere in der Hand und schlendere zu meinem Auto. Meine eigene Partnerin ist seit Wochen auf diversen Fotoshootings und was mich leicht erschüttert, ich vermisse sie nicht.

Kapitel 2- Erste Schwierigkeiten

- J-

Kaum steckt der Schlüssel im Schloss, wird die Tür auch schon geöffnet und Rick steht mit versteinertem Gesicht vor mir. „Wo zum Henker warst du? Und warum gehst du nicht an dein verdammtes Handy?" „Was?", verwundert sehe ich meinen Partner an und das aufkommende schlechte Gewissen bekämpfe ich mit einem Angriff: „Seit wann muss ich dir Rechenschaft ablegen?"Ich schiebe mich an ihm vorbei, fest entschlossen mir den Abend von nichts kaputt machen zu lassen. Doch Rick ist auf Streit aus, wie öfters in letzter Zeit. Seit er Konrektor an unserer Schule ist, ist er ständig gereizt. Und ich versuche ihm immer häufiger aus dem Weg zu gehen. Er folgt mir in das Badezimmer und hört nicht auf, mir Vorhaltungen zu machen. Ich blende die Worttiraden nahezu aus, nur der Vorwurf des Fremdgehens bleibt hängen. „Ja, du hast recht, ich habe mich mit einem fremden Mann unterhalten und ja, es hat Spaß gemacht. Und es kann auch sein, dass ich mich noch einmal mit ihm treffe. Rein freundschaftlich!!!" Jetzt hat er es geschafft, meine Laune ist im Keller. Ich packe mein Bettzeug und verbringe die Nacht auf dem Sofa. Am Morgen weckt mich eine sms." Guten Morgen- ich wünsche dir einen schönen Tag- W" Und so sitze ich lächelnd am Frühstückstisch, während Rick sich hinter seiner Zeitung verkriecht.
Ausnahmsweise nehme ich die frühere U- Bahn und treffe dort auf meine Freundin Chris, die auch bei uns an

der Schule ist. Heute wäre ich lieber allein geblieben, doch Chris verwickelt mich in ein Gespräch über die letzten Lernzielkontrollen. Unsere Klassen liegen genau gegenüber und wir beide lieben es, mit den ersten zwei Jahrgangsstufen zu arbeiten. Doch jetzt höre ich ihr kaum zu. Die Nacht auf dem Sofa zeigt erste Auswirkungen. Vielleicht sollte ich aus dem angedachten Kinderzimmer ein Gästezimmer machen. Der Gedanke an ein Kind rückt in der angespannten Situation in weite Ferne. Hat unsere Beziehung überhaupt eine Zukunft? „Sag mal, hörst du mir überhaupt zu?", kommt es leicht angesäuert von meinem Gegenüber. Was? „Sorry, ich hatte gestern wieder einmal Streit mit Rick und die Nacht auf dem Sofa verbracht", versuche ich meine Abwesenheit zu entschuldigen. Chris steigt auch sofort darauf ein: „Ach Gott du Ärmste? Schlimm?" Obwohl ich ernsthaft über eine Trennung nachdenke, schüttle ich den Kopf. „Wird schon wieder. Was hast du gesagt?" „Ich wollte nur wissen, ob mit dem Stadions Besuch alles klar geht." „Ach so. Ja, wir haben einen Termin", antworte ich lächelnd. Hoffentlich hat William die Zettel abgegeben, denke ich noch. Schon sind wir an unserer Haltestelle angekommen und schlendern in Richtung Schulgebäude. Ricks Fahrrad lehnt wie immer an der Hauswand. Er wird es nie lernen, dass auch er es in den Fahrradständer stellen muss. Also stelle ich es kopfschüttelnd hinein. Bis zur großen Pause bleibt kaum Zeit, um Luft zu holen. Heute ist ein langer Schultag und meine Kinder sind bereits am Morgen am Limit. Und dazu meine Stimmung- das wird ein ergiebiger Tag. In der Pause bleibe ich im Klassenzimmer. Erstens um Rick aus dem Weg zu gehen und zweitens, um die angesprochene Lernzielkontrolle endlich fertig zu korrigieren. Ich beuge mich über die ersten Aufgaben und stelle erfreut fest, dass das Rechnen, bis 20 nun einigermaßen funktioniert. Ich bin so vertieft, dass ich das erste, zaghafte Klopfen erst nicht wahrnehme. Erst das zweite, Kräftigere reißt mich aus der Arbeit. Was soll das? Hat man denn hier nicht mal in der Pause seine Ruhe? „Ja?", meine ich genervt. Die Tür wird langsam geöffnet. „Störe ich? Ich wollte dir nur die Unterlagen vorbeibringen." Irritiert schüttle ich den Kopf: „Wie kommst du denn hier her?" „Nun ja, ich hatte gerade Zeit und da dachte ich…" William scheint leicht verunsichert. „Komm rein", grinse ich, „aber mach die Tür zu. Wenn irgendjemand erfährt, dass du da bist…" „Zu spät, fürchte ich, ich habe ein paar Kinder gefragt, wo ich Frau Müller finde", er zuckt entschuldigend mit den Schultern. Na großartig, spätestens zum Pausenende ist hier die Hölle los. „Wenn du einigermaßen unerkannt hier wegkommen willst, solltest du gehen", versuche ich, das Unvermeidliche doch noch zu verhindern. „Wann bist du fertig? Ich glaube, du brauchst einen Freund zum Reden." Wow, und das nach einem Abend. Ich nicke und mit einem 15.00 Uhr schiebe ich ihn zur Tür, was bei 1,96 m und 90 kg nicht so einfach ist. Mit einem „Ich hol dich ab", dreht er sich endlich um und wendet sich zum Gehen. „Ich zeige dir einen Weg, wo du nicht an den vielen Schülern vorbeimusst", entgegne ich, „Komm lieber erst um 15.15 Uhr, da ist es hier leer." „O.K., bis dann", höre ich noch, bevor er seine Sonnenbrille aufsetzt und über den Lehrereingang verschwindet. Als es zum Pausenende läutet sitze ich wieder über die Aufgaben gebeugt. Die Enttäuschung der Kinder ist spürbar, als ich allein im Klassenzimmer sitze. Natürlich haben ihn die Kinder erkannt und es wie ein Lauffeuer verbreitet. Da es nun schon Schulgespräch ist, muss ich mir wohl etwas einfallen lassen. Als Erstes gehe ich in der Mittagspause ins Lehrerzimmer und stelle mich den fragenden Blicken der Kollegen. Ricks Blick weiche ich aus, obwohl ich mir keiner Schuld bewusst bin. William ist ein Bekannter, mehr nicht. Da keiner eine Frage stellt, sehe ich mich nicht gezwungen, mich zu erklären. Der Nachmittag vergeht erstaunlich schnell, meine Klasse hat sich mit der Erklärung zufriedengegeben, dass William die Unterlagen gebracht hat. Gott sei Dank, sind sie noch zu klein, dass ihnen das nicht spanisch vorkommt. Um kurz nach 15.00 Uhr steht Chris in der Tür. „Wollen wir?" „Sorry, ich habe noch einen Termin", entgegne ich, „ich erzähl dir morgen mehr." Die Neugier steht ihr ins Gesicht geschrieben, aber sie fragt nicht nach, nur ihr „Viel Spaß" klingt etwas säuerlich. Langsam packe ich meine Tasche zusammen und bevor ich auf den Platz vor der Schule trete, sehe ich mich um.

-W-

Wow, was passiert hier gerade? Seit ich denken kann, habe ich mich selten für die Befindlichkeiten anderer Menschen interessiert. Aber bei Jessica ist es etwas Anderes. Sie hat unbewusst sehr unglücklich ausgesehen und ich frage mich, ob ich die Schuld daran trage. Hat nicht gestern ihr Handy öfters geläutet, was sie aber eisern ignorierte. Obwohl ich weiß, dass es einen Partner gibt, setze ich sie der Gefahr aus, dass die Presse etwas mitbekommt. Aber ich habe die Gespräche gestern zu sehr genossen, um die Bekanntschaft aufzugeben. Da ist er wieder- Will Karl der Egoist. Ich nehme mir vor, sie zu fragen, ob sie diese Bekanntschaft aufrechterhalten möchte. Während ich trainiere, freue ich mich auf ein Wiedersehen und so stehe ich bereits vor 15.00 Uhr vor der Schule. Um kein Aufsehen zu erregen, bleibe ich solange sitzen bis die Eltern, die den Platz bevölkern, nahezu weg sind, setze dann meine Sonnenbrille auf und lehne mich an das Auto. Als sie aus der Tür tritt, schleicht sich ein Lächeln auf mein Gesicht.

-J-

Die Spielerfrau

Ein paar Kinder toben noch am Bach und die dazugehörigen Eltern sind so in Gespräche vertieft, dass sie nicht auf das Umfeld achten. William steht lässig an seinen Sportwagen gelehnt und grinst in meine Richtung. O.K., pfeif auf die Folgen, er ist ein Freund und er ist da. Also lächle ich zurück und gehe selbstbewusst lächelnd in seine Richtung. Er öffnet die Beifahrertür und ich schlüpfe ins Auto. Kaum sitzen wir, fährt er auch schon los. „O.K., wo soll es denn hingehen?", fragt er. „Keine Ahnung, irgendwo hin, wo man reden kann", antworte ich, lehne mich zurück und überlasse William die Wahl. Kurz darauf hält er an einem kleinen, abgelegenen See, zieht eine Decke heraus, lässt sich am Ufer nieder und sieht mich fragend an. Ich folge ihm und fange dann zu erzählen an. Vom Stress mit Rick, von der Arbeit, aber auch von meinen Gedanken, mich zu trennen. Mein Gegenüber hört geduldig zu, nur als die Trennungsgedanken zur Sprache kommen, fragt er mit einem einzigen Wort nach: „Meinetwegen?" „Was? Nein!", entgegne ich schnell, „der Stress im Moment schon, aber keine Angst. Ich habe nicht vor, mich in dich zu verlieben. So gut kennen wir uns auch nicht." „Das ist gut", seine gute Laune ist sofort wieder da, „ich bin nämlich nicht beziehungsfähig. Frag mal die Mutter meiner Kinder." Kinder? Ach ja, richtig, er hat ja zwei Stück mit seiner Expartnerin, heißt es. Um das Thema Beziehungen zu beenden, frage ich nun meinerseits nach seinem Beruf. „Wolltest du schon immer Torwart werden?" „Profi?", er runzelt kurz die Stirn, „ich weiß nicht, ich kann halt nichts anderes." „Aber das ziemlich gut", ziehe ich ihn auf, „meistens zumindest." „Na danke meistens", feixt er, „das zahle ich dir heim." Es macht richtig Spaß, sich mit ihm zu kabbeln. Ist leicht und für mich entspannend. „Lust auf eine Runde Schwimmen?", fragt er nach und schlüpft aus seinen Schuhen. „So??", entsetzt sehe ich ihn an. Er drückt mir sein Shirt in die Hand, zieht seine Jeans aus und rennt ins Wasser. Ich schlüpfe aus meiner Hose und tausche meine Bluse gegen sein Shirt, bevor ich langsam in den See wate. „Hey, nicht so zaghaft", höre ich noch, bevor mich ein Schwall Wasser trifft. Boah, ist das kalt. Mir bleibt kurz die Luft weg, doch William macht einfach weiter. „Genug", japse ich, „du hast gewonnen." Kurz überlege ich, es ihm gleichzutun, doch dann merke ich, dass ich jeden Wet- T- Shirt- Kontext gewinnen könnte. Deutlich zeichnet sich mein schwarzer BH unter dem weißen Oberteil ab. Verschämt ziehe ich das Shirt von meiner nassen Unterwäsche. William hat ein dunkles, kehliges Lachen und nimmt mir meine Befangenheit. Beherzt stürze ich mich ins kalte Nass. Es tut gut, einmal nur ich selbst zu sein und nicht die verantwortungsvolle, vorbildliche Lehrerin. Ausgelassen verbringen wir die nächsten drei Stunden, bis Williams Handy das anstehende Training ankündigt. „Mist", schimpft er, „ich hatte schon lange nicht mehr so viel Spaß. Wie ist es, hast du Lust einem Toptorwart beim Training zuzusehen?" „Gibt es bei euch denn einen?", grinse ich, „Ach so, du sprichst von dir. Gut, dass du nicht eingebildet bist. Dann musst du aber kurz bei mir vorbeifahren. Ich brauche was zum Anziehen." „Wenn es weiter nichts ist", er kann sich das Grinsen nur schwer verkneifen. Viel zu schnell stehen wir vor unserer Tür. William wartet im Auto, während ich im Galopp nach oben renne, die Tür öffne und im Bad verschwinde. Zehn Minuten später sitze ich wieder neben ihm. „Meinst du es ist klug, wenn man uns zusammen sieht?", frage ich ihn atemlos. William runzelt kurz die Stirn und sieht mich dann mit seinem entwaffneten Lächeln an: „Mich stört es nicht, aber wenn du damit ein Problem hast…" „Nein, nein", entgegne ich schnell, wobei meine Gedanken Salti schlagen. Was zur Hölle mache ich hier? Nicht nur, dass ich meine eigene Beziehung durch die Freundschaft zu ihm gegen die Wand fahre, ich gefährde auch noch seine Beziehung. Ist es das wert?? Bevor ich eine Antwort für meine Gedanken finde, biegt er auch schon auf den Parkplatz des Trainingsgeländes ein. „Also dann- Bereit?", fragt er schelmisch und mir wird leicht übel. Am liebsten würde ich den Kopf schütteln, aber William ist schneller. Er öffnet die Beifahrertür und hilft mir galant aus dem Auto. Also er versucht es zumindest, aber durch meine Unsicherheit gerate ich ins Straucheln und lehne mich kurz an ihn, um meine Standsicherheit wieder zu erlangen. Dabei bemerke ich, viele neugierige Blicke und rücke schnellstmöglich von ihm ab. Als ich ihm meine Hand entziehen will, hält er sie fest und schlägt den Weg zum Spielereingang ein. Mir bleibt nichts anderes übrig, als ihm zu folgen und ehe ich mich versehe, stehe ich unter all den Spielerfrauen, die mich neugierig mustern, bevor sie ihre Gespräche fortsetzen. Ich fühle mich sichtlich unwohl, bis mir ein strahlendes Lächeln gegenübertritt. „Hallo, ich bin Silvia, die Frau von Ahmet. Und du gehörst zu Will?" „Hi, ich bin Jessica. Und jein, ich bin zwar mit William hier, aber wir sind kein Paar. Nur Freunde." „Schade, ich finde, du würdest besser zu ihm passen als diese Schnepfe", meint Silvia und zieht mich etwas aus dem Pulk der Spieleranhängsel, die mich nun doch wieder mustern. Als wir etwas abseitsstehen, atme ich tief durch: „Danke, das ist ja schlimmer als eine Hinrichtung." „Das war ja noch gar nichts", Silvias Versuch mich aufzumuntern, geht völlig in die Hose, „jetzt bist du erst einmal Tagesgespräch." „Shit, ich wusste ja gleich, dass es ein Fehler war mitzukommen." „Vergiss sie einfach, das ärgert sie am meisten." Als ein etwa 10- jähriges Mädchen auf uns zustürmt, verdunkelt sich Silvias Blick ein wenig und ich krame in meinem Wissen über den Spieler Ahmet. „Meine Stieftochter", erklärt sie mir, „ist nicht immer einfach. Vor allem seitdem wir selbst ein Kind bekommen." Mit Geld für ein Eis zieht das Mädchen kurz darauf wieder ab. Ahmets Exfrau ist Modell und parkt das Mädchen während ihrer Aufträge immer wieder bei Ahmet und seiner neuen Partnerin. Das Training beginnt und ich sehe begeistert zu, wie William durch die Luft fliegt. „Der ist gut!", grinst Silvia, „ohne ihn wären wir nicht da oben." Ich nicke nur kurz und versuche, das restliche Training zu verfolgen, das erstaunlich schnell zu Ende geht und schon kurz darauf stehen zwei verschwitzte Männer vor uns. „Das ist Jessica, eine Freundin, Jessica, das ist Ahmet." „Freut mich", antworten wir unisono und bevor die beiden unter der Dusche verschwinden, steht die Einladung zum Grillen bei Silvia und Ahmet. Auf dem Weg dorthin überlege ich kurz, Rick anzurufen, entscheide mich aber dann für eine sms ``Treffe mich mit Freunden- komme später`. „Soll ich dich lieber nach Hause fahren?", Williams Gespür für Stimmungsschwankungen ist erschreckend und passt so gar nicht zu dem Bild des Torwartes, das in der Öffentlichkeit vorherrscht. „Sorry", grinse ich, „aber die Probleme sind ja schon da, da kann ich sie auch noch etwas vor mir herschieben. Ich finde die Beiden richtig nett und Silvia hat mich ganz normal behandelt, im Gegensatz zu den anderen." Er lacht sein leises, kehliges Lachen: „Naja, du bist auch anders. Kein Modell., keine typische Spielerfrau. Mein Ruf ist in Bezug auf Frauen nicht der Beste. Wahrscheinlich überlegen sie gerade, wie du zu mir passt.". Auch dieses Mal schafft er es, meine Zweifel zu zerstreuen. Der Abend verläuft in gelöster Stimmung und es ist spät, als William mich vor der Haustüre absetzt. „Sicher, dass du klarkommst?", fragt er, als ich beim Aussteigen zögere. „Muss ich ja wohl", flüstere ich, „ich melde mich." Entschlossener als ich bin, gehe ich in Richtung Haustür. In der Wohnung erwartet mich ein äußerst schlecht gelaunter Partner. „Wird das jetzt zur Gewohnheit, dass du einfach stundenlang verschwindest?", brüllt er sofort los, „mit wem triffst du dich denn ständig?" Ich versuche, ruhig zu bleiben, aber sein eiskalter Blick und meine Zweifel an dieser Beziehung sorgen dafür, dass ich wütend werde. „Mit jemanden, bei dem ich sein kann, wie ich bin. Bei ihm muss ich nicht immer die verantwortungsvolle vernünftige Lehrerin und Lebensgefährtin des Konrektors sein, sondern einfach mal 25 Jahre sein und verrückte Dinge tun, wenn ich es will." „Mit Willam Karl?", er lächelt boshaft, als er mich zusammenzucken sieht, „man hat dich gesehen. Willst du unbedingt auf der Titelseite der Boulevardzeitungen landen?" Mist, ich befürchte, er hat Recht, irgendwann wird die Presse auf uns aufmerksam werden und das schadet William mehr als mir. „Selbst, wenn"; meine Stimme wird leiser, wie immer, wenn ich nervös bin, „wir sind nur Freunde und das machst du mir nicht kaputt. Entweder du akzeptierst das oder" „Oder Was? Trennst du dich dann von mir? Und du hoffst, dass er dich auffängt. Bist du so oberflächlich?" „Arsch…". Ich hole alles aus meiner Stimme heraus, was irgendwo zu finden ist, „diese Beziehung, wie du sie nennst, existiert doch schon lange nicht mehr richtig. Für dich ist es doch eh nur wichtig, dass der Schein gewahrt wird. Und ich…" Ich erschrecke fast selbst, als mich die Erkenntnis trifft: „Ich habe die Beziehung zu dir als selbstverständlich hingenommen und alles, was mir vielleicht gefehlt hat, verleugnet. Wahrscheinlich ist es besser, wir können uns eine Auszeit. Ich werde zu Chris gehen, dann kannst du hierbleiben und in Ruhe etwas anderes suchen." „Oh wie edelmütig, aber es ist deine Wohnung—Ich gehe", knurrt er, dreht sich um und verschwindet im Schlafzimmer. Fünfzehn Minuten später steht er mit zwei Taschen in der Haustür. „Den Rest hole ich später", höre ich noch, bevor er verschwindet. Kraftlos falle ich auf den nächstbesten Stuhl. Es hat dreißig Minuten gedauert um sechs Jahre Beziehung zunichte zu- machen. Als es kurz darauf an der Tür läutet, öffne ich diese mutlos. Für weitere Auseinandersetzungen fehlt mir die Kraft. Doch draußen steht William, der mich wortlos in die Arme nimmt. Nun kommen diese verflixten Tränen doch. „Er ist weg", schluchze ich, „und ich wollte es so." Noch immer spricht er kein Wort, sondern lässt mich weinen. Erst als ich mich

einigermaßen beruhigt habe, lässt er mich los. „Das tut
mir leid, ich wollte nicht schuld daran sein, dass du ihn
verlässt. Ich bin wohl egoistisch gewesen, aber in deiner
Gesellschaft fülle ich mich einfach wohl. Du siehst in mir
den Menschen und nicht den Star. Das gibt es selten,
selbst meine Freundin nutzt mich als Sprungbrett." „Wir
sind schon zwei Beziehungskrüppel", wow er schafft es
auch dieses Mal, meine Laune zu verbessern. „Nun bin
ich wohl wieder Single und lebe allein." Mein Vater hatte
mir vor zwei Jahren, als wir unsere Stellen in München
angetreten haben eine kleine Eigentumswohnung
gekauft. Rick war davon nie begeistert gewesen und er
sprach immer davon ein Haus zu bauen, um meinen
Eltern nicht mehr dankbar sein zu müssen. Ich selbst bin
froh, dass ich meine eigenen vier Wände habe, und
nehme mir vor, sie nach meinem Geschmack
einzurichten. „Wie kommst du eigentlich hier her?", fällt
mir plötzlich ein. William lächelt: „Ich bin gar nicht
weggefahren. Ich hatte irgendwie ein komisches Gefühl,
also habe ich gewartet und dann kam ein Mann mit zwei
Taschen aus dem Haus gerannt und ich dachte, jetzt bin
ich als Freund gefragt. Und hier bin ich." „Danke",
schniefe ich. „Du solltest schlafen", höre ich noch, bevor
ich in mein Bett falle, „ich bleibe hier."

Kapitel 3- Ist es das wert?

- W-

Nun sitze ich also an ihrem Bett und sehe ihr beim Schlafen zu, während ich versuche, das aufkommende, schlechte Gewissen zu unterdrücken. Jessica, die ich als starke junge Frau kennengelernt habe, ist, dank mir, nur noch ein Häufchen Elend. „Egoistischer Mistkerl", schimpfe ich mich selbst. Klar, es schmeichelt jedem, wenn man als Mensch wahrgenommen wird und in den letzten Tagen war ich nicht der Torwart, sondern einfach nur William. Wenn ich sie jetzt so sehe, frage ich mich, ob es das wert ist. Gut, sie behauptet, dass ihre Beziehung schon vorher zu Ende war, aber… Diese Gedanken führen mich nicht weiter. Weiter- ja, wie soll es weitergehen? Wenn die Presse davon Wind bekommt, ziehe ich Jessica in einen Strudel, dem sie nicht gewachsen ist. Auch wenn zwischen uns nur eine tiefe Freundschaft besteht, der Klatschpresse ist dies egal. Ich sehe die Schlagzeile schon vor mir- William Karls neue Liebschaft- betrügt er nun seine Freundin? An Pamela habe ich die Tage überhaupt nicht gedacht. Sie ist genau das, was Jessica als Spielerfrau bezeichnet. Meistens nur auf ihr Fortkommen oder Bekanntwerden bedacht, was wohl auch der Grund für die Beziehung zu mir ist. Und ich fühlte mich geschmeichelt, als eine attraktive Frau mich in der Disco angebaggert hat. Jessica ist anders- selbstständig und unabhängig, sie hat einen Beruf, der ihr Spaß macht und ist damit zufrieden. Ich schüttle die nächsten Gedanken, die in eine völlig falsche Richtung gehen energisch ab. Mach dir das Vertrauen und die Freundschaft zu ihr nicht kaputt, ermahne ich mich selbst. Als ich merke, dass mich die Müdigkeit übermannt, lege ich mich auf das Sofa und schlafe traumlos ein.

-J-

Als gegen sechs Uhr der Wecker klingelt, bin ich sofort wach. Die andere Bettseite ist leer und doch duftet es nach Kaffee. Mühsam versuche ich, die Ereignisse des letzten Tages Revue passieren zu lassen. Richard ist weg, aber wer hat dann Kaffee gemacht? Ist William immer noch da? Und tatsächlich steht er lächelnd in meiner Küche. „Alles klar?", fragt er, als er mein verschlafenes Gesicht sieht. „Mmh, außer, dass ich in knapp 1 ½ Stunden meinem Exfreund und Boss gegenübertreten muss, geht es mir gut. Danke, für deinen Beistand," murmle ich. „Gern geschehen", kommt es zurück und bevor ich noch etwas sagen kann, drückt er mir eine Tasse Kaffee in die Hans, „Ich weiß zwar, wie du deinen Kaffee trinkst, aber was du frühstückst…" nun ist es an mir zu lächeln: „Erst in der Pause, ich bin ein Morgenmuffel. Aber Kaffee geht immer- danke." Ich nehme meine Tasse und verschwinde im Bad. Heute lege ich besonders viel Wert auf mein Aussehen, doch William zieht kurz eine Augenbraue hoch, als ich geschminkt herauskomme. „In den Farbtopf gefallen?", fragt er, „ohne gefällst du mir besser." Immer noch grinsend fährt er mich in die Schule, während ich versuche, mein Unwohlsein zu ignorieren. Richards Fahrrad steht wieder an die Schulmauer gelehnt, doch dieses Mal lasse ich es stehen. Als ich im Lehrerzimmer den Vertretungsplan sehe, wird mir bewusst, dass meine Beziehung vorbei ist. Eigentlich ist heute mein kurzer Tag, aber ich bin für Nachmittag eingeteilt. Ich sehe kurz in Richtung

Konrektoren Büro, schüttle dann aber den Kopf und verlasse den Raum. Auf dem Weg in mein Klassenzimmer holt Chris mich ein: „Was ist denn bei euch los? Er hat eine Laune zum Davonlaufen und dann der Vertretungsplan." Chris kann man schlecht etwas vormachen, also versuche ich es erst gar nicht. „Ein uns gibt es nicht mehr. Ich habe die Beziehung beendet", je öfter ich es ausspreche, desto realer wird es. „Bist du o.k.? Willst du darüber reden?" „ich weiß nicht?", antworte ich ehrlich, „vielleicht in der Mittagspause." „Ich bin da", lächelt Chris und biegt links in ihr Klassenzimmer ab. Bei meinen Kleinen ist schön langsam die Luft raus, so dass keine Zeit zum Grübeln bleibt. Noch zwei Wochen bis zu den Sommerferien, nächste Woche ist Projektwoche und dann ist das Schuljahr vorbei. Die Mittagspause verbringen Chris und ich in der Eisdiele gegenüber und aus dem Beziehungsgespräch wird schnell ein zwangloses Freundinnengespräch, ohne dass ich Rick und oder William erwähne. Lange werde ich meine Freundschaft zum Fußballstar nicht mehr verheimlichen können, aber ihn jetzt zu erwähnen erscheint mir nicht als zielführend. Neuer Mann und Trennung, die Zusammenhänge sind mir zu kompliziert, um sie zu erklären, zumal ich sie selbst nicht ganz verstehe. Als Chris´ Blick plötzlich neugierig wird und die Frage nach dem „Warum" dann doch aufkommt, komme ich ins Schleudern. Gott sei Dank ist die Mittagspause zu Ende und der Rückweg zur Schule ist zu kurz, um größere Erklärungen hinterherzuschieben. Also versuche ich es kurz: „Es passte einfach nicht mehr, er hat im Moment nur noch die Karriere im Sinn. Familie und Spaß finden nicht statt. Und ich…"Chris nimmt mich kurz in den Arm: „Vielleicht renkt es sich ja wieder ein. Ihr habt noch den Urlaub vor euch." Oh Mist, die Kreuzfahrt – die muss ich noch canceln. Ich werde auf keinem Fall drei Wochen mit meinem Exfreund auf einem Schiff verbringen. Kurz bevor wir die Klassenzimmer erreichen, kommt eine sms:

„Alles gut gegangen? Treffen wir uns heute? W" Schnell tippe ich zurück: „Alles gut- Melde mich später. J", und ernte einen fragenden Blick meiner Freundin. Ich zucke nur kurz mit den Schultern und bin froh, dass mich meine Kinder aus der Situation retten. Kaum ist der Unterricht beendet, verlasse ich die Schule und begebe mich ins Reisebüro, um die Kreuzfahrt zu stornieren, was nur mit einer Zahlung möglich ist. Klar, die zweite Hälfte des Doppelbettes können sie ja schlecht verkaufen. Die Angestellte ist aber sehr höflich und bietet mir an, Rick zu fragen, ob er einen Mitfahrer findet. Ich beschließe spontan, shoppen zu gehen, und bummle durch das Einkaufszentrum, als mein Handy erneut summt. „Training bis 19.00 Uhr. Hast du es dir überlegt??W" „Spagetti Bolognese bei mir? 20.00 Uhr? J" „TOP" Ich finde noch ein paar Shirts, Shorts und ein Sommerkleid, bevor ich im Supermarkt verschwinde. Voll bepackt mache ich mich auf den Heimweg. Auf dem AB finde ich drei Anrufe von Chris und da mir noch etwas Zeit bleibt, wähle ich Ihre Nummer. Kurz darauf bereue ich den Schritt bereits, als sie mir entgegen brüllt: „DU HAST IHN BETROGEN? —MIT EINEM Fußballer. UND ERZÄHLST MIR ETWAS VON KARRIEREGEILHEIT." „Was?", ich versuche, ruhig zu bleiben, „behauptet er, ich hätte ihn betrogen? Mit William? Und du glaubst ihm?" „Ja", die Antwort kommt schnell und knapp. „Na dann", meine ich nur noch und knalle den Hörer auf die Lade Station. Nach ein paar Minuten habe ich mich soweit beruhigt, dass ich das Abendessen zubereiten kann. Kurz vor 20.00 Uhr verlasse ich das Badezimmer in meinem Lieblingssommerkleid. Es fühlt sich fast an wie ein Date- ich werde den Abend mit William genießen- egal was andere sagen und mir morgen meine Freundin und meinen Expartner vorknöpfen. Pünktlich läutet es und William steht mit einem riesigen Strauß Sonnenblumen – habe ich ihm erzählt, dass dies meine Lieblingsblumen sind-vor mir. „Bitte schön", grinst er und hält mir die

Die Spielerfrau

Blumen hin, „danke für die Einladung". „Gern geschehen", ich nehme ihm den Strauß ab, „setz dich, das Essen ist schon fertig." Ich stelle die Vase auf den Tisch und serviere die Vorspeise- Tomate Mozzarella. Die Flasche Rotwein, die ich gedankenlos gekauft hatte, steht noch verschlossen auf dem Tisch, da ich nicht weiß, wie sich Alkohol und sein Training vertragen. „Soll ich ihn öffnen?", fragt er schließlich, „oder willst du ihn nur ansehen?" „Aber dein Training? Passt das denn?" William runzelt kurz die Stirn und fängt dann an zu lachen. „Und deshalb die Nudeln?? Ich esse fast alles und trinke Alkohol in Maßen." Verarscht der mich? „Nein, das kann ich am besten und es dauert nicht ewig", versuche ich mich zu rechtfertigen, „Und ich will nicht, dass du im Training nicht alles geben kannst, weil ich dir Alkohol serviere." „Keine Sorge, das liegt dann nicht an dir", versucht er zu beschwichtigen, „Bolognese ist eines meiner Lieblingsessen und deines ist hervorragend." Jetzt macht er mich doch tatsächlich verlegen. Ich wickle still meine Nudeln auf die Gabel und merke erst spät, dass er mich mustert. „Was?", murmele ich. „Keine Ahnung", meint er, „du wirkst irgendwie anders." „Anders? Wie?", erstaunlich wie einfühlsam dieser Mann sein kann. „Ich weiß nicht. Freier und doch verletzt. Ist irgendetwas passiert? Stress mit dem EX?" Ich schlucke meine Nudeln hinunter und beginne dann leise zu erzählen. Von meinem Telefonat mit Chris, meiner Reisestornierung und dem Extranachmittag. Während meines Monologes verändert sich sein Gesichtsausdruck, so dass es nun an mir ist, ihn fragend anzusehen. „Alles in Ordnung?", frage nun ich ihn. „Ja- Nein. Ich frage mich gerade, ob die Freundschaft zu mir dir nicht mehr schadet als nutzt. Versteh mich nicht falsch. Ich genieße jeden Augenblick mit dir, aber ich will dir nicht schaden. Vielleicht sollten wir uns nicht mehr treffen, dann könntest du…" Ich springe auf und funkle ihn wütend an: „Du machst es dir verdammt einfach jetzt zu gehen. Ich dachte, du wärst anders als in der Öffentlichkeit bekannt ist, aber, da habe ich mich wohl getäuscht." Er sieht mich durchdringend an, antwortet aber immer noch nicht. Ich blinzle die aufkommenden Tränen weg. William ist in den letzten Tagen zu meinem besten Freund geworden. Ihn nun auch noch zu verlieren… Endlich bewegt er sich und spricht, für ihn extrem leise: „Was ich will, spielt keine Rolle. Mein Leben spielt sich zu 90% in der Öffentlichkeit ab. Es ist ein Wunder, dass unsere Treffen bis jetzt unentdeckt geblieben sind. Aber du spürst die Auswirkungen bereits. Deine Beziehung ist zu Ende und du bist dabei deine beste Freundin zu verlieren. Ich will dich nicht noch mehr deines normalen Lebens berauben. Dafür ist mir deine Freundschaft zu wertvoll." „Ich verstehe gerade gar nichts mehr", meine Stimme ist nun auch nicht mehr viel lauter, „meine Beziehung war schon vorher am Kriseln und Chris- das bekomme ich schon wieder hin. Und was die Öffentlichkeit angeht, ich weiß nicht, ob ich damit umgehen kann, aber wir führen ja keine Beziehung, sondern nur eine Freundschaft, die ich nicht so leicht aufgeben werde." Langsam steht er auf und kommt langsam näher. Ich warte gespannt auf seinen nächsten Schritt- wird er wirklich gehen? Aber er nimmt mich einfach in den Arm: „Ich auch nicht- aber du bestimmst, wann es dir zu viel wird- o.k.?" Ich löse mich von ihm und nicke: „Nachtisch?" Im Nu ist die Stimmung wieder gut und der Abend verläuft harmonisch weiter. Am Ende drückt er mir seine Trainingszeiten in die Hand und ich verspreche ihm morgen beim Training zuzusehen. Irgendwann muss die Presse auf mich aufmerksam werden, aber das ist mir egal. Ich sehe es im Moment als großes Abenteuer, das meinem realen Leben einen Kick gibt.

Am Morgen darauf stürme ich wütend ins Büro des Konrektors, in dem sich idealerweise auch Chris befindet: „Beide zusammen, das trifft sich gut", stoße ich hervor, „dann muss ich es nicht wiederholen. Ich habe niemanden betrogen, sondern nur Zeit mit einem Freund verbracht. Und wenn du oder ihr das nicht verstehen wollt, dann tut ihr mir leid. Ich hoffe, wir können wie normale Menschen damit umgehen. Wenn nicht, dann eben nicht." Als ich mich umdrehen will, kommt von Chris die Frage, die ich eigentlich von Rick erwarte: „Was findest du an diesem Fußballer? Geil auf Schlagzeilen?" „William Karl ist ein Freund, nicht mehr und nicht weniger", ich verlasse das Büro und verbringe den Vormittag mit meinen Schülern. Das erste Mal seit langer Zeit bin ich froh über die Pausenaufsicht und da heute ein kurzer Tag ist, verbringe ich noch zwei Stunden im Klassenzimmer, um Zeugnisse zu schreiben. Dann schlüpfe ich in meine neuen Shorts, T-Shirt und Flip-Flops und mache mich auf den Weg zum Trainingsgelände. Vor dem Eingang treffe ich auf Sylvia und komme so ohne Probleme in den Bereich der „Spielerfrauen". Als William mich entdeckt, winkt er mir kurz zu und fliegt weiter durch die Luft. Heute gelingt es mir, das Training entspannter zu genießen, und die Zeit vergeht auch sehr schnell. Als die beiden Männer schließlich aus der Dusche kommen, gehen wir ihnen entgegen. Als wir zusammentreffen, höre ich ein entferntes Klicken, dem ein „Mist" von William folgt. „Jetzt ist es raus", schmunzelt Ahmet, „Willkommen in unserer Welt." Ich halte William, der sich auf den Weg in Richtung Fotograf machen will, zurück. „Es ist egal", flüstere ich ihm zu. Er runzelt kurz die Stirn, bleibt aber stehen. Sylvia lächelt mich aufmunternd an: „Es wird weniger mit der Zeit." Die beiden Männer lachen kurz auf und gemeinsam verlassen wir das Gelände. Bevor ich fragen kann, schlägt der Rest den Weg in Richtung Biergarten ein. Beide Männer tragen ihre dunklen Sonnenbrillen und suchen uns einen abgelegenen Tisch unter einer großen Kastanie. Bei Wurstsalat und Bier weihen mich die drei in den Umgang mit der Presse ein. „So einen Stress machst du nun schon wie lange mit?", frage ich Sylvia. „Fünf

Jahre", grinst sie, „aber inzwischen sind wir nur noch bei besonderen Informationen interessant- Hochzeit, Schwangerschaft oder Streit." „Dann wird es bei uns ja bald langweilig", antworten wir fast gleichzeitig.

-W-

Es ist schön, sie wieder so entspannt Lachen zu sehen. Als ich gestern kurz davor war, mich zurückzuziehen, habe ich eine neue Jessica kennen gelernt- richtig kämpferisch. Zuhause fand ich dann eine Nachricht von Pamela vor, dass sie einen Agenten kennengelernt hat, der mit ihr nach Berlin gehe, um ihre Karriere voran-zubringen. Sie brauche die Beziehung zu mir nun nicht mehr und würde jemanden schicken, der ihre Sachen abholt. Ich bin also abserviert worden- ein völlig neues Gefühl. Und doch macht es mir nichts aus. Seit ich mit Jessica befreundet bin, scheine ich mich selbst zu verändern. Ahmet meinte, ich bin dabei ein Mensch zu werden. Keine Ahnung, was er damit meint- ich muss ihn fragen. „Hey", höre ich, „wo bist du denn mit deinen Gedanken?" „Was?" Drei fragende Gesichter sehen mich an. „Du bist anscheinend meilenweit weg, Will", meint Ahmet, „Alles o.k.?" Mein Grinsen gelingt nur halb. Ich spüre Jessicas Hand auf meinem Arm. Sie sieht mich fragend an, also muss ich wirklich abwesend gewirkt haben. Ich beschließe, teilweise zu antworten: „Gestern war eine Nachricht auf meinem AB. Ich bin jetzt wieder Single." „Na Gott sei Dank ist die weg", entgegnet Sylvia trocken, „die hat eh nie zu dir gepasst." Ahmet sieht seine Frau sprachlos an und Jessica kämpft verzweifelt, um sich ein Lachen zu verkneifen. „Und wie geht es dir dabei?", fragt sie schließlich. „Gut, glaube ich. Sie hat erreicht, was sie wollte und braucht mich nun nicht mehr", antworte ich und muss nun selbst lachen, „Der

Die Spielerfrau

Frauenheld Karl wurde abserviert." „`Ne großartige Schlagzeile", Jessica findet das offensichtlich witzig, „und dann auch noch das Bild heute." Aber auch die beiden anderen kichern vor sich hin. „Na toll, dass ich zu euerer Belustigung beitrage", mosere ich halbherzig und schließe mich der guten Stimmung an.

Claudia Krause

Kapitel 4-Projekttage

-J-

Auf dem Weg in die Arbeit bin ich so in meine eigenen Gedanken vertieft, so dass ich die Schlagzeile einer Boulevardzeitung erst spät wahrnehme. „Will Karls Liebes Roulette- wer ist die neue Frau an seiner Seite?" Wow, das ging ja schnell. Am Kiosk hole ich mir ein Exemplar und grinse den Verkäufer dabei verlegen an. Heute startet die Projektwoche und William, Ahmet und ein paar Mitspieler wollen mit unseren Kids das Thema „Fußballprofi" aufarbeiten. Die Zwerge freuen sich schon auf den morgigen Tag, an dem sie die Arena besichtigen und die Stars treffen werden. Kurz vor acht Uhr stehen sie dann auch schon, mit den Trikots ihrer Lieblingsspieler bekleidet, vor dem Klassenzimmer. Ich habe aus meinem reichhaltigen Fundus extra kein Trikot von William gewählt, sondern trage eines, eines Spielers, der nicht mehr aktiv ist. Nachdem ich die, nicht fußballbegeisterten Kinder in ihre Gruppen gebracht habe, kehr ich ins Fußballzimmer zurück. Chris, wissendem Lächeln begegne ich mit einem Schulterzucken. Wir starten mit dem Wissen der Kinder über die Spieler. Die Tafel, ein großes Fußballfeld, füllt sich langsam mit den verschiedensten Spielern aus den unterschiedlichsten Vereinen. Nach der Pause versuchen wir, gemeinsam zu erarbeiten, wie man Profi werden kann und was das bedeutet. Zum Abschluss klären wir noch das Verhalten in der Arena und haben so den ersten Tag geschafft. Chris und ich haben den ganzen Vormittag nicht ein privates Wort gesprochen und auch jetzt verlässt sie den Raum, ohne ein Wort zu sagen. Auch gut, denke ich, packe Brotzeit und die Zeitschrift aus und beginne zu lesen. Das Bild ist gar nicht schlecht, auch wenn der Artikel zu den falschen Schlüssen führt. Auf alle Fälle muss ich meine Eltern anrufen, ich stelle mir vor, wie das in unserem kleinen Dorf in Mittelfranken ankommt. Auf meinem Handy sind sechs unbeantwortete Anrufe- vier von meiner Familie. Na großartig, das wird ein hartes Stück Arbeit, meine Eltern, vor allem meinen Vater davon zu überzeugen, dass William mir nicht schaden will. Die zwei restlichen Anrufe sind von William, der mir auch noch eine Nachricht hinterlassen hat: „Ruf mich an- Ich hoffe, es geht dir gut- W" „Danke blendend- bis später- J"

Zuhause rufe ich meine Eltern an und bin froh, dass meine Mutter rangeht. Obwohl die auch nicht begeistert ist, dass ihre Tochter ein Verhältnis mit einem Fußballer hat. Ich versichere ihr mehrmals, dass daran nichts wahr ist, doch sie scheint mir kein Wirt zu glauben. Ich verspreche ihr, am Wochenende vorbei zu kommen und Rede und Antwort zu stehen. Damit ist sie im Moment zufrieden. William ist noch im Training, also bereite ich den Ausflug vor. Gut, dass die Kinder noch so klein sind, sie interessieren sich noch nicht für die Klatschpresse. William ruft kurz an, um den Termin für morgen zu bestätigen. Irgendwie klingt er seltsam, aber ich traue mich plötzlich nicht, nachzufragen. Später kommt eine SMS „P holt ihr Sachen- wir sehen uns morgen W."

Kapitel 5-Eine weitere Trennung

-W-

Kaum öffne ich die Tür, werde ich auch schon von einer, für Pamela typischen Schimpftirade empfangen. Auch sie hat den Artikel gelesen und meint nun, als Freundin reagieren zu müssen. „Exfreundin Darling", bemerke ich, „du hast mich verlassen, schon vergessen?" „Und wie lange geht das mit der schon?", Pamela ist gut darin, nur das zu hören, was sie hören will. „Wir sind seit zwei Wochen kameradschaftlich befreundet- du warst ja nicht da, sonst hätte ich sie dir vorgestellt", gut, das ist gelogen, aber was soll ich tun. Pamelas Laune ist sowieso schon im Keller, also was soll´s. Schweigend helfe ich ihr, ihre Kleidung zu packen. 2/3 davon habe ich gekauft, aber das zu erwähnen, würde die Situation nur verschärfen, also schweige ich. Selbst das Auto kann sie behalten, wenn sie nur endlich geht. Ich würde jetzt gerne Jessica anrufen. Mit ihr ist alles so einfach, doch nach meiner SMS müsste ich mich erklären und das kann ich nicht- noch nicht. Ich bin froh, dass das Sommertrainingslager bald beginnt. Das heißt, erst einmal Abstand gewinnen, mich wieder voll auf meinen Beruf konzentrieren und die Freundschaft zu Jessica vertiefen. Ich weiß noch nicht einmal, wie sie den Artikel verdaut hat. Das sieht mir wieder ähnlich, gut im Schadenanrichten, doch schlecht im Feuerlöschen. Ich muss morgen auf alle Fälle mit ihr reden. Ich bin gespannt, sie morgen in Aktion mit ihren Kindern zu erleben. Ich bin eher der typische Teilzeitvater. Meine beiden, die ich über alles liebe, sehe ich seit der Trennung von ihrer Mutter nur selten und sie sind mit sechs und drei Jahren noch zu jung, um zu wissen, dass ihr Vater nicht der beste ist. Am Samstag ist ein Besuch im Zoo geplant. Pamela hatte bereits im Vorfeld abgelehnt, mitzukommen. Die Kinder mochten sie nie und ich glaube, sie mag keine Kinder. Der Konflikt ist nun vom Tisch. Weitere werden folgen, da bin ich mir sicher.

Kapitel 6- Stadionbesuch

- J-

Die Nacht war viel zu kurz und ich fühle mich wie gerädert, als ich an der Schule ankomme. Die Kinder sind bereits vollzählig also ab in die U- bahn und zur Arena. Dort erwarten uns William, Ahmet, Martin und zwei junge Spieler, deren Namen ich vergessen habe. Wir werden in 5 Gruppen aufgeteilt und losgeht es. Ich bin bei Martin und erlebe die Arenatour das erste Mal aus Kindersicht. Mehr als ein Lächeln ist zwischen mir und William nicht drin. Nach 1 1 1/2 Stunden treffen die Gruppen auf dem Feld zusammen und die Kinder dürfen Fragen stellen. Ahmet lässt schließlich die Katze aus dem Sack. „Will und ich kommen morgen zu euch an die Schule und trainieren mit euch." Ein lauter Jubel erfüllt die Arena. William nutzt die Gunst der Stunde und flüstert mir zu: „Ich hole dich nachmittags ab." Ich nicke, packe meine Kinder und wir fahren zurück zur Schule. Die Kids sind begeistert und während der Mittagspause erzählen sie den anderen von der Überraschung. „So eine Affäre mit einem Star ist doch hilfreich", zischt Chris. Ich sehe sie nur kurz an und wende mich ab. Doch manchmal haben Kinder Luchsohren und so kommt die Frage doch noch: „Du Frau Müller, was ist eine Fähre?" Ich lächle: „Eine Fähre ist ein Schiff, auf dem Autos über einen Fluss gebracht werden können. Aber was Frau Wendt meint ist eine Affäre- und das ist, wenn man jemanden liebhat, den man nicht liebhaben darf." „Und wen hast du lieb?", dass das weitergeht, war klar. „Euch", grinse ich, „doch ein paar Menschen glauben, dass ich William Karl liebhabe. Er ist mein bester Freund." Damit scheint die Sache gegessen. Als William mich abholt, ist es nichts Besonderes. Meine Rasselbande winkt ihm kurz zu und verschwindet. Meine Laune ist bestens, als ich in sein Auto steige und auch William ist gut gelaunt. „Wir haben etwas mehr als zwei Stunden bis Trainingsbeginn, was willst du machen?", fragt er. „Egal", antworte ich, „irgendwo einen Kaffee trinken?" „Dein Wunsch ist mir Befehl", kommt es zurück und kurz darauf biegt er ins Trainingsgelände ein. „Heute ist nichtöffentliches Training. Da ist keine Presse vor Ort", deutet er meinen fragenden Blick. Also trinken wir im vereinseigenen Café unsere Getränke und sehr schnell kommt William auf den Artikel zu sprechen. Es scheint ihm wichtig zu sein, dass ich nicht darunter leide. Lächelnd erzähle ich ihm von dem Telefonat mit meiner Mutter und den „Fähren- Fragen" meiner Kinder. Auch vom anstehenden Besuch bei meinen Eltern. „Das wird ein hartes Stück Arbeit meinen Vater davon zu überzeugen, dass du mir nicht schaden wirst." William lächelt zurück: „Ich versuche es zumindest. Aber versprechen kann ich nichts." Danach ist er dran, der Auszug von Pamela und die Vorwürfe scheinen ihn doch mehr zu beschäftigen, als er zugibt. Und dann erzählt er mir, dass er am Samstag mit seinen Kindern in den Zoo gehen wird und… „Warum kommst du nicht mit? Meine Zwei würden sich bestimmt freuen." „Aber meine Eltern?", die Aussicht, den Tag mit ihm und seinen Kindern zu verbringen, klingt verlockend, „Ich habe versprochen zu kommen." Er denkt kurz nach: „O.K., anderer Vorschlag, du verbringst den Samstag mit uns und ich begleite dich zu deinen Eltern. Vielleicht schaffen wir es zu zweit, unsere Familien zufrieden zu stellen." „Ich denke darüber nach, nett von dir, dass du mir helfen willst." Die verbleibende Zeit verbringen wir mit unverfänglichen Themen wie das Training morgen oder das anstehende Trainingslager.

- W-

Der Rest der Woche läuft sehr entspannt. Jessica hat meinem Vorschlag schließlich zugestimmt. Am Samstagmorgen steht meine Exfrau mit unseren zwei Kindern vor der Tür. Vroni und Leon sind schon ganz aufgeregt, da sie den Zoo lieben. Ich hatte es ihnen schon länger versprochen, aber nie Zeit gefunden. Heute ist es soweit. Jessica wartet bereits am Eingang auf uns. Sie hat bereits Karten besorgt und lächelt meine beiden an. Jetzt bin ich wirklich gespannt, wie die Kinder reagieren. Pamela haben beide von Beginn an abgelehnt. „Das ist eine Freundin von mir- Jessica", stelle ich sie vor, „und das sind Veronika und Leon." „Hallo", kommt es von den dreien zurück. „Kommt schon Tiere kucken", grinst Leon und greift nach meiner und Jessicas Hand und losgeht´s. Es wird ein wunderbarer Tag zu werden, denke ich. Und richtig, dank Jessicas ungezwungenem Umgang mit meinen Kindern sehen wir aus, wie eine glückliche Familie. Ups, falsche Richtung. Reiß dich zusammen, Will, rufe ich mich zur Ordnung. Sie ist ein Kumpel, mehr nicht. Vielleicht kommt das Trainingslager zur rechten Zeit. Jessica sieht mich fragend an. „Was ist los?", fragt sie. „Nichts, ich finde es nur gut, wie schnell du Zugang zu meinen Kindern gefunden hast", rede ich mich heraus. Jessica mustert mich nachdenklich: „Die sind ja auch gut zu haben."

Kapitel 7- Veränderungen-

- J-

Irgendetwas ist mit ihm. Gut, dass er sich unter vielen Menschen gerne hinter seiner Sonnenbrille versteckt, das kenne ich ja schon, aber er ist irgendwie einsilbig, zumindest mir gegenüber. Er liebt seine Kinder über alles und versucht, der beste Teilzeitpapa zu sein, den es gibt. Auf der großen Hängebrücke auf dem Spielplatz tobt er mit Leon hin und her. Vroni ist etwas vorsichtiger als ihr kleiner Bruder, aber ich kann sie schließlich überzeugen, mit mir über die Brücke zu gehen. Als wir auf Höhe der Jungs sind, hüpft Leon wild auf und ab. Vroni stößt einen Schrei aus und hält sich an ihrem Vater fest. „Leon hör auf deine Schwester zu erschrecken", grinst dieser und hebt seine Tochter hoch. Leon läuft kichernd davon und wir drei folgen ihm langsamer. Ich genieße den Tag und lerne William von einer neuen Seite kennen. Es scheint ihm wichtig zu sein, dass wir drei uns verstehen. Manchmal ertappe ich ihn dabei, wie er mich verstohlen mustert. Nach dem Tag an der frischen Luft sind wir dann rechtschaffen müde, als wir bei William ankommen. Das Auto vom neuen Lebensgefährten seiner Exfrau steht schon vor dem Haus. Vroni verdreht kurz die Augen, als er aussteigt, um die Kinder in Empfang zu nehmen. Sie dreht sich zu mir um: „Bist du in zwei Wochen auch wieder dabei?" „Mal sehen", antworte ich, „Wollt ihr das denn?"

Ich sehe kurz zu William und nach dem „Ja" der Kinder lacht dieser mit den Kindern um die Wette. Da wir morgen sehr früh nach Nürnberg zu meinen Eltern fahren wollen, bleibe ich die Nacht in seinem Gästezimmer. Das erspart uns die Fahrt quer durch München am Morgen.

Kapitel 8- Elternbesuch

- W-

Ich fülle zwei Gläser Wein, um ihr die Anspannung vor dem morgigen Tag zu nehmen. Allerdings, das muss ich zugeben, bin auch ich nervös vor dem Treffen mit ihren Eltern. Vor allem, weil ich mir im Moment meiner eigenen Gefühle nicht sicher bin. Will ich nur Freundschaft oder ist da mehr? Aber Jessica als Spielerfrau, das kann ich mir nicht vorstellen. Gedankenverloren drehe ich das Glas in der Hand, während sie aus der Terrassentür tritt. Ich lasse die Zigarette, ein Laster, dem ich nicht immer widerstehen kann, blitzschnell verschwinden. Jessica hat mich noch nie rauchend gesehen. „Nervös?", fragt sie lächelnd, „ich auch, aber Mum wird dich lieben. Dad allerdings…" Als sie mein gequältes Gesicht sieht, fügt sie hinzu. „Er ist halt ein Club Fan, was soll man da tun?" „Na toll", grinse ich, „und dann kommst du mit einem Bayern Spieler bzw. mit dem Torwart, der letzte Saison zwei Elfmeter gehalten hat." Ihr strahlendes Lächeln ist ansteckend und wir beschließen beide wortlos, den morgigen Tag einfach auf uns zukommen zu lassen. Wir verbringenden Abend so lange es geht auf der Terrasse und erst nach Mitternacht fallen wir in unsere Betten. Kurz stelle ich mir Jessicas Eltern vor, schlafe dann aber tief und traumlos.

- J-

Als mein Handy am nächsten Morgen klingelt, sehe ich mich erstaunt um. Gestern war ich zu müde, um mein Quartier in Augenschein zu nehmen. Das Kingsize Bett nimmt fast den gesamten Raum ein, so dass nur noch ein kleiner Schrank und ein Nachttisch Platz finden. Ich quäle mich mühsam aus dem Bett. Am Wochenende früh aufstehen ist so überhaupt nicht meins, aber wir haben ja noch drei Stunden Fahrt vor uns. Also schnell ins Bad gehuscht. William hantiert bereits in der Küche. Braucht der Mann denn überhaupt keinen Schlaf? Kurz darauf tauche ich in einem züchtigen Sommerkleid in der Küche auf, wo William bereits Kaffee gekocht hat. Er trägt eine dunkelblaue Stoffhose und ein weißes Hemd, bei dem er die Ärmel hochgekrempelt hat. Ich betrachte ihn eine Weile fasziniert. „Guten Morgen Schlafmütze", zieht er mich auf, während er mir den Becher reicht, „Frühstück brauchst du ja keines, oder?" Ich schüttle den Kopf: „Am Wochenende vor zehn Uhr nicht ansprechen", warne ich ihn. Kurz darauf sitzen wir in seinem nachtblauen Porsche. „Was kostet die Welt?", necke ich ihn, als ich seinen Fuhrpark bewundere. „Tja, einer der Vorteile des Profidaseins", kommt es trocken zurück. Dabei wirkt sein Blick leer, wie immer, wenn er auf seinen Beruf oder sein Geld reduziert wird. „Sorry", flüstere ich, „du weißt aber, wie ich es gemeint habe, oder?" Sein Blick wird sofort wieder warm: „Klar! Ich vergesse nur manchmal, dass du anders bist." Ich? Anders?

Als wir schließlich bei meinen Eltern ankommen, sehe ich, dass die Autos meiner Schwestern vor dem Haus stehen. „Dass die gesamte Familie anwesend ist, wusste ich nicht", murmle ich in Richtung meines Begleiters, der sichtlich blass wird, „Wenn du nicht mitkommen willst, ich würde es verstehen." William schüttelt den Kopf: „Nein, schon gut. Wer ist die gesamte Familie?" „Meine große Schwester Susan mit ihrem Freund Sven- etwas speziell der Gute und meine kleine Schwester Bettina mit Freund Ben- die sind o.k. Das Familiengericht tagt," mein Lachen

klingt etwas künstlich. Genauso fühle ich mich auch.
William scheint es auch nicht besser zu gehen, aber er
steigt erschlossen aus dem Auto und öffnet mir die Tür.
„Auf in die Höhle des Löwen", flüstert er mir zu und Hand
in Hand gehen wir zur Tür. Der Vorhang des
Küchenfensters wird zugeschoben und im selben
Moment öffnet meine Mutter die Tür. „Schön, dass du
ähm ihr da seid. Willkommen,", stottert sie. „Hallo Mum.
Darf ich dir William Karl vorstellen. William, meine
Mutter", oh Gott ist das verkrampft. William zaubert einen
Blumenstrauß hinter seinem Rücken hervor und reicht ihn
meiner Mutter: „Freut mich, sie kennen zu lernen Frau
Müller." Mum nimmt den Strauß entgegen und tritt einen
Schritt zur Seite, so dass wir eintreten können. Im Gang
steht der Rest der Familie, mit Ausnahme meines Vaters,
der sich noch beim Frühschoppen befindet. William hat
genau aufgepasst und begrüßt die Vier mit den richtigen
Namen. Meine Hand hält er dabei immer noch fest und
ich bin ihm sehr dankbar dafür. Doch meine Schwestern
haben andere Pläne und ziehen mich in Richtung Küche.
William bleibt mit den Männern im Wohnzimmer zurück.
„Also nur Kumpel?", Susan kann sich die Frage nicht
verkneifen, „und da hält man Händchen?" Mum sieht sie
tadelnd an, aber Betty ist schneller: „Su, das ist Jessys
Leben. Es steht uns nicht zu, darüber zu urteilen." Meine
kleine, schlaue Schwester. Ich lächle kurz in ihre
Richtung und wende mich dann meiner großen
Schwester zu. „Ja, wir sind gute Freunde und ich bin froh,
dass er mitgekommen ist. Wenn ich gewusst hätte, dass
das Familiengericht tagt, hätte ich ihn nicht mitgebracht.
Wie hättest du dich gefühlt, wenn zu Svens
Antrittsbesuch alle da gewesen wären?" Dads Ankunft
erspart ihr die Antwort. Er lächelt mich an: „Hallo
Prinzessin, wem gehört denn der Porsche vor der Tür?"
In diesem Moment betreten die drei Männer den Raum
und Dads Lächeln erstarrt. William tritt auf meinen Vater
zu. „Hallo Herr Müller. William Karl, ich bin für das ganze

Chaos verantwortlich." „Das können sie laut sagen",
grummelt mein Vater. „Jetzt wird erst einmal gegessen",
bestimmt meine Mutter. Wie immer ist sie auch dieses
Mal, der Meinung, Essen würde alles in Ordnung bringen.
„Sorry", flüstere ich William zu, während wir am großen
Esstisch Platz nehmen. Er lächelt mich aufmunternd an
und drückt unter dem Tisch meine Hand. Das Essen
verläuft mit belanglosen Gesprächen und einem
schweigenden Dad. Erst beim Nachtisch geht es los.
„Was wollen sie von meiner Tochter?", poltert Dad aus
dem Nichts heraus los. „Dad!", bevor William antworten
kann, ergreife ich die Initiative, „Noch einmal für alle.
William und ich sind nur gute Freunde. Er hat mit meiner
Entscheidung, mich von Rick zu trennen…" Oh Mist, das
wusste ja noch keiner, „… nichts zu tun." „Du hast dich
von Rick getrennt?", klar, dass Mum nur diesen Satz
behalten hat. „Mhm", murmele ich, „aber das war vorher
schon vorbei." Verdammt, wie komme ich da wieder
raus?

- W-

Oh Gott, die Ärmste! Ihr Vater wendet als Anwalt wohl
auch solche Verhörmethoden an. Ich muss ihr helfen-
dafür bin ich ja schließlich mitgekommen. „Ich habe ihre
Tochter vor fünf Wochen in der Arena zufällig über den
Haufen gerannt und sie als Entschädigung zum Essen
eingeladen." Entschlossen halte ich den Blick ihres
Vaters stand. „Dabei haben wir gemerkt, wie gut wir uns
verstehen", springt Jessica mir bei, „Und so haben wir
uns öfter getroffen." Sechs Personen mustern uns nun
mehr oder weniger feindselig. „Die Trennung von meiner
Freundin bzw. Jessicas Trennung von Rick haben nur
indirekt mit unserer Freundschaft zu tun." Das
Familienoberhaupt richtet sich auf seinem Stuhl auf und
ich fühle mich plötzlich wie Leon und nicht wie ein 30-
jähriger Fußballprofi. „Ich sage nur eines", seine Stimme
klingt bedrohlich, „Sollten sie ihr zu nahetreten, oder sie

irgendwie verletzen, bekommen sie es mit mir zu tun."
Bevor ich antworten kann, kommt uns Ben zu Hilfe: „Du
verurteilst ihn aufgrund seines Rufes, aber du kennst ihn
nicht. Niemand hier, außer Jessica kennt den Menschen
William Karl. Aber alle haben den Frauenhelden im Kopf,
wenn sein Name fällt…" Eine Zeitlang ist es still am
Tisch. Ich blicke zu Jessica, die krampfhaft der
Versuchung widersteht, aufzuspringen. Ich kann sie
verstehen, mir geht es ähnlich. Auf dem Platz bin ich
Anfeindungen gewöhnt, aber privat? Jessica sieht ihren
Vater mit ihrem Lehrerblick an: „Geht es dabei um mich?
Macht ihr euch Sorgen um mich, oder darum was die
Leute sagen könnten, wenn in der Klatschpresse als
neue Frau an Williams Seite genannt werde?" Ihre, sonst
strahlend blauen Augen sind nun grün und sie scheint
kurz selbst erschrocken über ihren Ausbruch. Bevor einer
der Anwesenden etwas sagen kann, springt sie auf und
läuft in den Garten. Da sich sonst keiner bewegt, stehe
ich auf und folge ihr bis in den hintersten Teil des
Gartens, wo ich sie, auf einer Schaukel sitzend vorfinde,
mühsam die Tränen zurückhaltend. „Kann man hier nicht
mal fünf Minuten Ruhe haben", keift sie, als ich
näherkomme. „Bin ja schon wieder weg", murmele ich
und wende mich ab.

- J-

„Warte!", rufe ich ihm hinterher. Ich habe zu spät gemerkt,
dass er es war, der mir gefolgt ist. „Was jetzt? Gehen
oder bleiben?" ‚seinem Tonfall merke ich an, dass ihm die
ganze Situation ebenso zu schaffen macht. Ich blinzle die
Tränen weg und versuche ein Lächeln: „Bleiben bitte." Er
kommt zurück und setzt sich auf die Schaukel neben mir.
„Bist du o.k.?", fragt er, „oder willst du fahren?" Fahren-
das klingt verlockend, löst aber das Problem nicht. „Ich
weiß, dass mein Vater nicht so einfach aufgeben wird.

Das war unsere gesamte Kindheit schon so. Wenn er jemanden ablehnt, müssen alle mitziehen", ich klinge sehr sarkastisch, „ich bin auch deshalb froh gewesen, nach München gehen zu können, um aus diesem Sumpf heraus zu kommen." Er sieht mich fragend an, also schiebe ich hinterher: „Eigentlich sollte eine von uns Jura studieren, aber Susan wollte nie studieren, ich bin nur Lehrerin und Bettina studiert Psychologie. Die Schwiegersöhne sind auch nicht das, was er sich erträumt hat. Nun ja, Rick hat gepasst, er ist Beamter mit Ambitionen nach oben. Hier kennt jeder jeden und jeder hat Angst, was die Nachbarn sagen könnten. Gerade fühle ich mich wieder wie ein Teenager, der den Eltern gebeichtet hat, Lehramt studieren zu wollen." Während meines Monologes fängt William langsam an zu schaukeln. Ich schließe mich ihm an und langsam beruhige ich mich so weit, dass wir zurück ins Haus gehen können. Im Haus herrscht eine gewisse Anspannung. Offensichtlich stehen nun Mum, Betty und Ben auf unserer Seite. Ich glaube, es ist das erste Mal, dass sich Mum gegen meinen Vater stellt, aber offensichtlich genießt sie es. Mein Vater sieht sie entsetzt an: „Du findest das gut?", höre ich ihn schnauben. „Ja, wenn Jessy damit glücklich ist," antwortet sie, „und selbst wenn aus Freundschaft mehr wird, ist es ihre Sache und nicht unsere." „Und wenn er sie verletzt?", Dad scheint noch nicht beruhigt. „Dann werde ich damit fertig", schalte ich mich ein, „aber das würde William niemals tun." „Naja, er ist ein Mann", meint Susan mit Blick auf ihren Partner, „das ist genetisch." William kann sich ein Grinsen nur schwer verkneifen: „Ich kann es nicht versprechen, aber ich werde versuchen, sie nicht zu verletzen. Dafür ist mir ihre Freundschaft zu wichtig." „Ich warne sie nur einmal", Dad versucht ein Lächeln und hält William die Hand hin, die dieser ergreift. Es scheint nun doch ein entspannter Nachmittag zu werden. Nur Svens Laune bessert sich kaum, er mustert William unverhohlen weiter. Dad verabschiedet sich kurz darauf und Mums Blick nach zu urteilen, findet sie das nicht gut, aber, um des lieben Friedens Willens, sagt sie nichts. Ich versuche, Susan allein zu erwischen. Was meinte sie sie mit ihrem Ausspruch über die Männer, aber Sven weicht nicht von ihrer Seite, so dass bis zu unserem Aufbruch keine Zeit mehr bleibt. Gegen 17.00 Uhr machen wir uns auf den Rückweg und William setzt mich gegen 19.30 Uhr bei mir ab. „Wir sehen uns in einer Woche", lächelt er, bevor er Gas gibt, „wenn was ist, schick mir eine SMS." Ich bleibe vor der Tür stehen, bis er um die Ecke biegt. Eine Woche- das geht vorbei. Noch zwei Schultage, dann beginnen die Ferien. Und da die Kreuzfahrt ausfällt, stehe ich nun planlos da. Irgendetwas muss mir einfallen. Last minute ist sicher was drin.

Kapitel 9- Gefühlschaos

- W-

Sie allein zu lassen, fällt mir zunehmend schwerer. Verdammt- ich bin doch tatsächlich dabei, mich zu verlieben. Jessicas Vater hat mich durchschaut. Ich glaube, ich bin der Einzige, der an das Märchen mit der Freundschaft glaubt. Denn auch Ahmet lächelt wissend, als wir im Bus ins Trainingslager sitzen. Und auch die intensiven Trainingseinheiten ändern meine Gefühlslage nicht. „Sag es ihr doch einfach", meint schließlich auch Martin, „du stehst ja völlig neben dir." Ich muss ihm leider recht geben, wenn das so weiter geht, versemmle ich die Vorbereitung völlig. Also heißt es volle Konzentration auf die Arbeit, für Gefühle habe ich keine Zeit. Und es funktioniert tatsächlich, mit aller Kraft gelingt es mir, den Fokus auf das Training zu lenken. Und doch bittet mich der Trainer zum Gespräch: „Sag mal, Will, was ist eigentlich los mit dir? Ein Formtief?" „Wohl eher ein Gefühlschaos", muss ich zugeben. „Du lässt Gefühle zu? Noch dazu während des Trainings- ganz was Neues." „Ja, ich weiß, nicht sehr professionell. Ich versuche ja, sie abzustellen. Klappt aber nicht ganz. Aber nach dieser Woche werde ich versuchen, es zu klären." Das Lächeln unseres Trainers ist väterlich: „Wer hätte gedacht, dass es eine Frau gibt, die dich aus dem Konzept bringt? Klär es bis zum Saisonstart - bitte, sonst wird es eng." Ich kann nur nicken, eine Mannschaft wie wir kann sich keinen Torwart leisten, der nicht 100%-tig fit ist. Also schreibe ich Jessica eine SMS „Muss mit dir reden-W." Nach einer Weile kommt eine zurück „Hole dich am Freitag vom Bus ab- J." Der erste Schritt ist gemacht und schon läuft es besser. Trotzdem bin ich froh, als die Woche um ist.

- J-

Bis auf die eine SMS hat er sich die ganze Woche nicht gemeldet und ich habe ihn wirklich vermisst. Nun stehe ich mit den Spielerfrauen an der Arena und warte auf ihn. Die SMS klingt ernst, irgendetwas scheint passiert zu sein. Ich werde nun doch leicht nervös. Vielleicht hat ihn meine Familie verschreckt, das könnte ich sogar verstehen. Die Zeit des Wartens scheint unendlich. Endlich biegt der Bus in den Parkplatz ein. Ich halte mich etwas im Hintergrund an mein Auto gelehnt, so dass William den halben Platz überqueren muss, um zu mir zu kommen. Er hat mich bereits entdeckt und kommt lächelnd auf mich zu. In meinem Magen breitet sich ein neues, ungewolltes Gefühl aus- und ich schüttle es unwirsch ab. Seit wann löst sein Lächeln so ein Gefühl aus? Das darf doch nicht sein!!! Kurz bevor er mich erreicht, hält ihn sein Trainer auf und flüstert ihm etwas zu. William nickt und hebt den Daumen. Ich runzle die Stirn, aber dann lächelt er mich so entwaffnend an, dass ich meine Bedenken über Bord werfe. „Wo soll es denn hingehen?", frage ich ihn. „Irgendwohin, wo man in Ruhe reden kann", kommt knapp zurück. „Im Auto geht es nicht?" Was ist nur los mit ihm. „NEIN." Das ist deutlich. Also fahre ich zu unserem See. Dort springt er, kaum dass das Auto steht heraus und tigert ziellos hin und her. „Du machst mich nervös, jetzt bleib doch mal stehen!", versuche ich ihn zu beruhigen, „wenn es wegen Sonntag ist…" „Was? Nein", er wirkt nicht sehr überzeugend, „ich wollte…" Er stockt erneut. „Oh Gott William, nun mach es doch nicht so spannend", lächle ich aufmunternd. Bevor er antworten kann, läutet sein Handy. Er nimmt den Anruf an und wendet sich ab. Das Einzige, was ich verstehe, ist „Bin ja dabei, nein, ich weiß nicht wie." Als er auflegt, stelle ich mich so vor ihn, dass er mich ansehen muss. „Nun mal raus mit der Sprache. Was ist nicht einfach? Ich merke doch, dass irgendetwas los ist!" „Würdest du mich am Wochenende begleiten? Meine Familie würde dich gerne kennen lernen. Bitte", murmelt er. „Und das war jetzt so schwer?", ich verkneife mir mühsam das Grinsen, „oder ist da sonst noch etwas?" Er schüttelt den Kopf. „Und?", fragt er, „kommst du mit?" „Nur wenn du mir versprichst, dass das Wochenende anders verläuft, wie bei meinen Eltern", meine ich, „wann geht es los?"

- W-

Na, das hast du fein hinbekommen, Will, denke ich, als ich am frühen Morgen vor ihrer Haustüre auf sie warte, aufgeschoben, ist nicht aufgehoben. Mir fällt die Warnung ihres Vaters ein. Als sie aus der Tür kommt, macht mein Herz einen Sprung. Sie lächelt und sie sieht in ihrem Lieblingskleid einfach traumhaft aus. Während des Fluges nach Hamburg kläre ich sie über meine Familie auf. Meine Eltern sind ziemlich entspannt, meine beiden Brüder völlig verschieden. Der Ältere, Roland ist etwas sprunghaft, während mein kleiner Bruder Johannes sehr ehrgeizig ist und in der Firma seines zukünftigen Schwiegervaters als Geschäftsführer arbeitet. „Keine Sorge, sie werden dich lieben", flüstere ich ihr zu, als wir das Flugzeug verlassen. Genau wie ich- drei Wörter, die nicht aussprechbar scheinen. Aber bevor ich darüber nachdenken kann, kommt uns auch schon mein Bruder entgegen: „Hallo Ihr Zwei, willkommen in Hamburg. Und du bist also Jessica, die…" „Beste Freundin deines Bruders", unterbreche ich ihn schnell, „Danke fürs Abholen." „Bitte schön, Mum und Dad freuen sich schon." Jessica nimmt wie selbstverständlich meine Hand und lässt mich erst wieder los, als wir meinen Eltern gegenüberstehen. Mum nimmt sie einfach in den Arm: „Willkommen in der Familie Jessica, ich bin Mona." Jessica lächelt zurück. Ich habe ihr nicht zu viel versprochen, meine Familie ist anders als ihre. So herzlich, wie sie Jessica aufnehmen, so sehr hasst mich ihr Vater. Und dabei weiß er noch nicht einmal, was ich für sie empfinde. Aber sie auch nicht—nun sag es ihr endlich- Feigling. Ich verdränge die Anweisungen des Trainers und die Tipps meiner Freunde. Der Tag vergeht, ohne dass ich meine Gefühle offenbare. Am Abend ist ein Discobesuch geplant. Sarah, Johannes' Freundin hat Jessica davon überzeugt, dass es Spaß macht. Ich meide solche Orte für gewöhnlich, aber da sie sich darüber freut, werde ich über meinen Schatten springen. Es wird wider Erwarten ein entspannter Abend. Nach einem wahren Tanzmarathon sinkt Jessica auf den Barhocker neben mich. Sie strahlt mich an und bevor ich es mir anders überlege, fange ich an zu reden: „Jessica, ich weiß, dass wir nur gute Freunde sind, aber meine Gefühle fahren gerade Karussell. Ich glaube, ich bin dabei, mich in dich zu verlieben." Ich lege ihr die Hand auf den Arm und warte auf eine Reaktion. Aber auf das, was kommt, bin ich nicht gefasst.

- J-

„Was? Nein!", höre ich mich stammeln und springe vom Hocker. „Du glaubst? Liebe? Niemals!", mein Innerstes kämpft gegen die Reaktion an. Aber zu spät- ich sehe das Entsetzen in seinem Gesicht. „Will, Ich...", setze ich an, aber er hört mit nicht mehr zu. Sarah taucht neben mir auf. Mir steigen Tränen in die Augen. Er verlässt die Disco. Johannes folgt ihm. „Was war denn das?", Sarah taucht plötzlich neben mir auf. Mir steigen die Tränen in die Augen. „Er glaubt, er ist dabei, sich in mich zu verlieben- Ich will aber keine weitere Trophäe von Will Karl sein, sondern William Karl als Freund. Auch wenn..." „Du ihn auch gernhast?", Sarah hat mich offenbar durchschaut. „Ist ja auch egal", flüstere ich, „Ich habe ihn verletzt. Hast du seinen Blick gesehen? Ich bin so ein Idiot." Auf dem Weg nachhause zu seinen Eltern spricht er kein Wort und vermeidet jeden Blickkontakt. Er verschwindet in seinem Zimmer und knallt die Tür hinter sich zu. Ich bleibe allein im Gang zurück, völlig fertig lehne ich mich an die Wand und rutsche langsam nach unten. „Oh mein Gott, was ist denn passiert?". Ich sehe nach oben und sehe Williams Vater Achim. Die Tränen hören nicht auf, zu laufen, während ich alles erzähle, und das erste Mal wird mir bewusst, dass sich meine Gefühle auch geändert haben. „Du wirst sehen, wenn ihr beide es wirklich wollt, bekommt ihr es auch hin", Achims Tonfall ist dem seines Sohnes sehr ähnlich, „lasst euch einfach Zeit."

- W-

Supergemacht Will. Jetzt hast du den einzigen Menschen, außerhalb deiner Familie, der in dir etwas anderes gesehen hat, außer den Fußballstar, vergrault. Blödes Herz. Aber ich will sie nicht verlieren. Nicht als Freundin, aber auch nicht als Frau. Mein Sexappeal scheint bei ihr nicht anzukommen. Na ja, mit den Worten `ich glaube, gewinnt man keine Frauenherzen, vor allem nicht Jessicas. Sie hat mich das erste Mal Will genannt und mich damit wieder zum Fußball degradiert. Als es klopft, hoffe ich kurz, doch nicht Jessica, sondern mein Vater steht in der Tür. Sein Blick zeigt mir, dass er Bescheid weiß. „Bist du o.k.?", fragt er und ich kann nur den Kopf schütteln. „Hast du dich mit Jessica unterhalten? Wie geht es ihr?", kommt es von mir zurück. „Sie hat Angst." „Angst?" „Nun ja, wenn sie sich auf eine Beziehung mit dir einlässt und es geht schief, verliert sie ihren besten Freund. Und- nichts für ungut- aber deine Ausdauer bei Beziehungen ist nicht sehr groß." Ich lache bitter auf: „Aber… Sie will ja keine Beziehung mit mir. Und ich weiß nicht, ob ich nur ihr Freund sein kann. Aber ich muss es versuchen, sonst verliere ich sie ganz." Mein Vater lächelt mich an. „ich kann dir nur denselben Rat geben wie ihr. Lasst euch Zeit." Am Morgen treffen wir uns am Frühstückstisch. „Jessica, ich…", setze ich an, doch ihr eisiger Blick lässt mich verstummen. „Ich werde ein paar Tage nach London fahren. Zum Nachdenken. Wenn ich wieder da bin, können wir uns gerne unterhalten. Denk darüber nach, was du willst." Das sind die letzten Worte, die sie zu mir sagt, bis wir in München ankommen. Das ist die längste Stunde seit langem. Ich habe mich noch nie so einsam gefühlt und das, neben der Frau, die ich liebe. Doch sie sitzt stumm und blass neben mir, anscheinend in eine Zeitung vertieft. Und je näher wir München kommen, desto größer wird meine Angst, sie verloren zu haben. Wo zum Teufel bin ich nur falsch abgebogen. Nun muss ich mir klar werden, wie es weitergehen soll, ich sie von meinen Gefühlen überzeugen kann, und gleichzeitig muss ich es schaffen, mich auf das Training und meine Karriere zu konzentrieren, um diese nicht zu gefährden. Na super!

Kapitel 10- Was fühle ich?

- J-

London genießen? Eigentlich meine Lieblingsstadt, aber dieses Mal fühle ich mich nur einsam und leer. Ich vermisse seine SMS- nachrichten, sein Lächeln und ihn. Jedes Mal, wenn ich die Augen schließe, sehe ich seinen verletzten Blick vor mir. Meine Reaktion war auch völlig überzogen, aber irgendwie war ich nicht Herr meiner Tat und so kann ich nicht sagen, warum ich so hart reagiert habe. Als ich mir wieder einmal meine Reaktion vor Augen halte, fällt mir ein weiterer Faux Paux ein. Ich habe ihn Will genannt. Nun sitze ich an der Themse und die Tränen laufen ungebremst. Verdammt Jessica, was willst du eigentlich? Vielleicht sollte ich… Aber ich weiß längst, wie ich mich entscheiden werde, sollte er mich noch einmal fragen. Irgendwie ist die Angst groß, dass er es nicht mehr tut. Warum sollte er auch. Ich blöde Kuh habe ihm doch sehr deutlich zu verstehen gegeben, dass ich keine Beziehung mit ihm will. Die Tage schleichen nur so dahin und auch das volle Besichtigungsprogramm kann mich nicht ablenken. Am Tag vor meiner Rückreise bekomme ich eine SMS von Sylvia „Lust auf ein Fußballspiel am Samstag?" Ich rufe sie an: „Meinst du, das ist eine gute Idee?" „Warum denn nicht, er weiß es doch nicht und ein Spiel gegen Real ist immer ein Ereignis." Ich stimme schließlich zu. So sehe ich ihn wenigstens aus der Ferne. Am Samstag steht Sylvia vor der Tür und drückt mir das neue Torwarttrikot in die

Hand, in das ich lächelnd schlüpfe. In der Arena kommen wir durch einen Sondereingang in den reservierten Bereich. „Lass uns am Rand bleiben, für den Fall, dass du doch noch flüchten willst", grinst Sylvia. Wie viel weiß sie? Ich runzle kurz die Stirn und lasse mich auf den Sitz fallen. Kurz darauf laufen die Mannschaften zum Aufwärmen ein. Mein Herz macht einen Sprung, als ich ihn entdecke. Vielleicht sollte ich Sylvia um Hilfe bitten. Aber jetzt genieße ich erst mal das Spiel, das in diesem Moment startet. Nach zehn Minuten schüttle ich verwundert den Kopf. Was ist denn los mit ihm? Nahezu jeder Ball, der auf sein Tor kommt, scheint ihm Schwierigkeiten zu bereiten. Gut, dass die Abwehr um Martin stabil steht. Auf der Tribüne links neben mir kommt leichte Unruhe auf. Und dann führt ein harmloser Schuss auch noch zum 0:1. Lieber Gott, lass es nicht so weiter gehen. „So eine Pflaume", kommt es von links, „der hat seine beste Zeit wohl hinter sich." Ich werfe einen wütenden Blick auf ihn und verpasse beinahe das 0:2. Der Schuss war gut, aber normalerweise für ihn kein Problem. Nun kommen die ersten Pfiffe, ich kann es ihnen nicht einmal verübeln. Wenn ich den Blick des Trainers richtig deute, ist er genauso ratlos. Der Pausenpfiff kommt gerade zur rechten Zeit. Doch die Mannschaft verschwindet nicht in die Katakomben. Der Stadionsprecher nimmt das Mikrofon zu Hand und die Fans, die sich schon auf dem Weg zu den Kiosken befinden, halten in der Bewegung inne. William steht neben dem Stadionsprecher und beginnt langsam und leise zu reden. Die Arena wird schlagartig totenstill.

Claudia Krause

Kapitel 11- Die Liebeserklärung

- W-

Ich hole tief Luft. Was nun vor mir steht, ist auch für mich neu. „Liebe Fans, ich weiß, dass ihr mit meiner Leistung heute unzufrieden seid, ich bin es seit längerem auch. Und ich weiß, dass es nicht so weitergehen kann. Um den Zustand zu ändern, brauche ich eure Hilfe. Jeder, der mich kennt weiß, dass ich mein Privatleben gerne im Verborgenen halten würde, aber heute mach ich mal eine Ausnahme. Unter euch befindet sich ein Mensch, der mir sehr wichtig ist. Ich habe keine Ahnung, wie es ihr damit geht, aber mir bleibt nur dieser eine Versuch. Jessica", ich gönne mir eine kurze Atempause, „ich weiß, dass du irgendwo hier bist. Bitte hör mir zu. Was ich gesagt habe, war nicht ideal. Aber es war die Wahrheit. Ich liebe dich. Und ich hoffe, du gibst mir die Chance, es dir zu beweisen. Bitte…" Im Stadion herrscht gespenstische Ruhe, bis vereinzelt "Jessica"- Rufe auftauchen. Langsam schwellen die Rufe an und ich glaube, eine Bewegung auf der Ehrentribüne zu sehen. Vielleicht habe ich die richtigen Worte gefunden. Oder sie geht-weil ich sie dieses Mal gezielt in die Öffentlichkeit gezerrt habe. Bitte, alles nur das nicht. Mir fallen keine Worte mehr ein, die sie überzeugen könnten. „Solange dieses Tief andauert, werde ich…" Weiter komme ich nicht, da mir Jessica, flaniert von meinen Mitspielern entgegenläuft. Ich fange sie auf und halte sie fest. In ihren blauen Augen stehen Tränen. „Heißt das, du gibst mir eine Chance?", frage ich vorsichtig. Sie lächelt mich an, während die

Arena tobt. Ahmet und ein paar Mitspieler fordern einen Kuss. Dem komme ich gerne nach und küsse sie scheu. Aber nun muss ich noch etwas loswerden: „Danke für eure Hilfe, ich verspreche euch, ich halte nun alles." Und in der zweiten Halbzeit halte ich wirklich alles, was auf mein Tor kommt und meine Mitspieler spielen nun ebenfalls wie entfesselt-1:2, 2:2, 3:2 Spielende und die Arena tobt immer noch. Natürlich fordert die Presse nach dem Spiel ein Interview und so dauert es eine Weile, bis ich den Duschbereich verlasse, wo Ahmet, Sylvia und Jessica auf mich warten. Sylvia hebt den Daumen und ich strahle sie an: „Vielen Dank für deine Hilfe." Ahmet und Jessica sehen uns fragend an: „Du hast davon gewusst?", fragt Ahmet seine Frau. „Klar, irgendjemand musste doch dafür sorgen, dass sie im Stadion ist", meint Sylvia, „aber ihr doch auch…" „Nicht so genau, erst als der Schiedsrichter zur Pause gepfiffen hat, meinte der Trainer, dass wir draußen bleiben sollten. Was genau läuft, war uns nicht klar", erwidert Ahmet, „das gibt Presse, Respekt."

- J-

Wow, was für ein Auftritt. Als er zu reden beginnt, erstarre ich. Und eine gefühlte Ewigkeit gelingt es mir nicht, mich zu bewegen. Wie durch einen Nebel dringen die „Jessica Rufe" der Fans zu mir durch. Sylvia stößt mich schließlich fast aus dem Sitz. Mein Körper scheint mir nicht zu gehorchen und ich weiß nicht, wie ich den Weg auf das Feld geschafft habe. Und als ich ihn schließlich erreiche, blende ich alles aus. Ich sehe nur ihn und ehe ich es mir anders überlegen kann, bin ich zu seiner Freundin geworden. Endlich scheine ich mir, meiner Gefühle sicher zu sein. Nun bin ich also doch eine Spielerfrau geworden und da das Fernsehen vor Ort ist, weiß es heute Abend ganz Deutschland- vor allem meine Eltern und meine

Schüler. Wer weiß, was in drei Wochen alles passiert-
vielleicht funktioniert es ja gar nicht. Aber daran sollte ich
gar nicht denken, sondern den Augenblick genießen.
Allein der Weg aus dem Stadion ist anstrengend, da viele
uns gratulieren wollen. Der Trainer grinst William an:
„Und jetzt wieder Vollgas. Jetzt gibt es keine Ausreden
mehr. Das war eine harte Zeit für uns alle." „Was haltet
ihr von einem Grillabend bei uns ähm bei mir? Dann
können wir auch über die Pressestimmen lachen",
versucht William die Situation zu entschärfen. Oh Mist,
die Presse, ich muss unbedingt meine Eltern anrufen.
„Gut", stimmen die beiden anderen zu, „wir bringen den
Salat." Im Auto rufe ich meine Eltern an, erreiche aber
keinen. Ich schreibe Betty eine SMS „Kannst du bitte bei
den Eltern vorbeisehen. Ich melde mich Jessy" Es kommt
auch prompt eine zurück „Mach ich. Ich gratuliere euch"
Ich lächle und sehe meinen Partner an. „Alles o.k.?", fragt
er. „Ja klar", antworte ich, „Betty weiß Bescheid und
bringt es Dad schonend bei." „Autsch, die Warnung
deines Vaters habe ich ja völlig vergessen." „Machst du
jetzt einen Rückzieher?" „No way, so schnell wirst du
mich nicht wieder los." Bei einem kurzen Stopp im
Supermarkt bekomme ich den ersten Eindruck, was es
heißen kann, Freundin eines Stars zu sein. William bleibt
im Auto sitzen und ich besorge alles, was wir zum Grillen
brauchen. Voll bepackt kehre ich zum Auto zurück, wo
William nun doch aussteigt und mit einpacken hilft. „Sag
mal, was hast du denn alles eingekauft", grinst er,
„einiges haben wir auch zuhause." „Was du zuhause
hast, weiß ich nicht, ich hätte es nicht", kontere ich und
sehe, wie er kurz zusammenzuckt. Dann wird sein
Grinsen noch breiter und er zieht mich in seine Arme:
„Was wir brauchen sind Klamotten für dich, oder soll ich
dich heute Abend nachhause fahren?" Ich spüre, wie die
Verlegenheit zurückkommt und antworte, deshalb schnell:
„Fährst du kurz bei mir vorbei, dann hole ich etwas." Kurz
darauf parken wir vor meinem Haus und er grinst immer

noch: „Beeil dich, ich gebe dir zehn Minuten. Wenn du dann nicht da bist hole ich dich." Ich renne nach oben, um dann unschlüssig vor meinem Schrank zu stehen. Vielleicht hätte ich ihn fragen sollen, was er morgen mit den Kindern vorhat und ob ich eingeplant bin. „Seit wann bist du eigentlich so kopfgesteuert, Jessy?", frage ich mich und werfe einfach ein paar Kleidungsstücke, Dessous und die Kosmetikartikel in die Tasche. Bei den Schlafanzügen zögere ich etwas, da mir nichts sexy genug erscheint für eine frische Beziehung. Was soll`s? Ein einfacher Schlafanzug tut es auch. Noch die Kosmetikartikel, Schuhe und Jacke und ich begebe mich wieder nach unten. Hoffentlich genügt die Garderobe den Ansprüchen der Presse- eine Neuausstattung würde mein Budget sprengen. Quatsch- William kennt mich so, wie ich bin und ich weiß, dass ich mich für ihn nicht ändern muss. Genau nach zehn Minuten sitze ich wieder neben ihm und weitere dreißig Minuten später stehe ich in seiner Küche und bereite die Beilagen zu, während William den Grill bestückt. Der Fernseher steht bereits auf der Terrasse und läuft, als Sylvia und Ahmet erscheinen.

- W-

Mitten unter dem Essen kommen die ersten Nachrichten „Sensation in München- die etwas andere Halbzeitpause" ist zu lesen. Gebannt hören wir zu „William Karl macht seiner neuen Freundin vor 70.000 Zuschauern eine Liebeserklärung," bemerkt die Sprecherin, bevor ein Teil meines Monologs eingespielt wird, „mehr dazu in der Sportschau im Anschluss." Jessica ist etwas blass geworden: „Wie oft meint ihr, kommt das noch?", fragt sie. „In zwei bis drei Wochen ist es vergessen", kichert Sylvia. „na großartig, das geht ja schnell", grinst sie nun zurück, „bei meinen Eltern dauert das sicher länger." Wir verstummen, um den Beitrag in der Sportschau zu verfolgen. Auch hier kommen Sätze wie „Fußballspiel wird zur Nebensache" oder „Will Karl zeigt Gefühle-doch nicht so cool". Aber auch die Frage „Wer ist die Frau, die ihn so menschlich werden lässt?". Ich bin froh, dass gerade noch Ferien sind, so bleibt ihr Arbeitsplatz und ihr anderes Leben noch eine Weile geschützt. Vielleicht hat es sich, bis Schulbeginn wieder einigermaßen beruhigt. Vielleicht war es ein Fehler, es vor aller Welt auszusprechen. Wie auch immer-. Jetzt ist es zu spät. Als ich sie anlächele, strahlt sie zurück. „So eine Liebeserklärung bekommt auch nicht jeder- kannst du das Aufnehmen? Vielleicht brauche ich es irgendwann?" Ich programmiere den Decoder und ziehe sie auf meinen Schoß. „Du hast mich in der Hand", meine Laune ist bestens. Jessica schmiegt sich an mich und mein bester Freund lächelt mich an: „Sollen wir gehen?" Meine Gedanken scheinen ziemlich laut zu sein, doch ich schüttle den Kopf. Durch Jessica hat sich auch das Verhältnis zu meinen Mannschaftskollegen verändert- Wahnsinn. Wie sich innerhalb eines Monats das Leben ändern kann. Und Sylvia wird Jessica sicher helfen, sich in „unserer" Welt zurechtzufinden.

- J-

Ich lächle vor mich hin, als ich mich, zum gefühlt 1000-ten Mal, auf William zukommen sehe. Wird mein weiteres Leben so ablaufen? Immer in Gefahr, dass die Presse in der Nähe ist. Aber darüber und auch darüber, was die Familie sagen wird, will ich jetzt nicht nachdenken. Im Sportstudio sind wir ebenfalls Hauptthema und wieder einmal wird dem Erstaunen über die Aktion und dass so etwas von Will Karl kommt, zum Ausdruck gebracht. Als Ahmet und Sylvia sich schließlich verabschieden sehe ich kurz auf mein Handy, das Schwerstarbeit geleistet hat. 24 Nachrichten, aber nur vier von meiner Familie, die ich öffne. Was ist das denn? Verwundert lese ich die meines Vaters. „Glückwunsch ihr zwei. Pass auf dich auf und kommt mal wieder vorbei- Dad." Lächelnd zeige ich sie William, der im ersten Moment stutzt und dann aber breit lächelt. „Na also, vielleicht wird es ja noch." Gemeinsam räumen wir noch die Terrasse und die Küche auf. Morgen ist Kids Tag und wird das Chaos noch verstärken. Ich räume die Spülmaschine ein und bemerke William erst, als er die Arme um mich schlingt. Bevor ich mich bewegen kann, hebt er mich hoch und trägt mich in Richtung Treppe. Dabei küsst er mich stürmisch. Im Badezimmer setzt er mich ab und zieht mir das Trikot über den Kopf. Verlegen winde ich mich aus der Umarmung und verschwinde unter der Dusche. Dabei runzle ich die Stirn. Warum so schüchtern Jess? Doch bevor ich darüber nachdenken kann, bemerke ich wie William hinter mich tritt und langsam beginnt mir den Rücken einzuseifen. Allein die zarten Berührungen genügen, um in Flammen zu stehen. Ich drehe mich zu ihm um und während er langsam bei meinen Brüsten ankommt, geben mir die Beine nach. Er hält mich fest und küsst mich stürmisch. Schnell wasche ich die Seife von meinem Körper, bevor wir eingehüllt in ein Badetuch auf das Bett fallen. Das Handtuch fliegt aus dem Bett und William beginnt erneut, meinen Körper zu erkunden. Ich winde mich unter ihm und versuche erfolglos, ihn ebenfalls zu berühren, scheitere aber an seiner körperlichen Überlegenheit. Erst als ich glaube, keine Sekunde mehr aushalten zu können dringt er in mich ein und gemeinsam erleben wir einen phänomenalen Höhepunkt. Erschöpft schmiege ich mich an ihn, doch als er mich küsst, ist das Verlangen sofort wieder da. Erst als es zu dämmern beginnt, schlafe ich in seinen Armen ein. Viel zu früh läutet der Wecker und holt mich aus einem traumlosen Schlaf. „Guten Morgen", strahlt er mich an, „gut geschlafen?" „Mmh", wieso ist der eigentlich so munter? „Was hast du für heute geplant?" „Keine Ahnung", grinst er, „das war nicht Priorität für dieses Wochenende." „Was hättest du eigentlich getan, wenn ich nicht da gewesen wäre?", frage ich ihn. „Ich wusste, dass du da bist, das Einzige was passieren hätte können, dass du nicht…", antwortet er, „aber es ist ja auch egal, du bist hier und ich liebe dich." „Ich dich auch, aber ich glaube ich muss dir meine Reaktion in der Disco erklären…", ich hole tief Luft, doch er verschließt meinen Mund mit einem stürmischen Kuss. „Nein, musst du nicht, ich habe darüber nicht nachgedacht, wie ich dir meine Liebe erklären will und mit ich glaube, gewinnt man keine Frauenherzen", entgegnet er ungewohnt schüchtern, was mich zum Kichern bringt. „Los jetzt, raus aus dem Bett oder willst du, dass uns deine Ex im Bett überrascht?" Mit gespielter Qual schlüpft er aus dem Bett und verschwindet im Bad. Ich packe meine Kleidung und nehme das Gästebad, dessen Duschbereich immer noch größer ist als mein gesamtes Bad. Das heiße Wasser löst die schmerzenden Muskeln. Wow, was für eine Nacht. Ich zwinge mich schließlich, die Dusche zu verlassen, und höre ihn in der Küche hantieren. Der Kaffeeduft vertreibt die letzte Müdigkeit. Mit einer Tasse Kaffee bewaffnet decke ich den Frühstückstisch. Ich habe doch tatsächlich Hunger und kaum haben die Kinder die Küche erobert, machen wir vier uns über das Frühstück her. „Was wollen wir denn heute machen?", fragt William die Kleinen. „Baden gehen", kommt es unisono zurück. „O.k. Therme oder See?" Vroni denkt kurz nach. „Therme", entscheidet sie und stürzt ihren Vater damit in ein Problem. Dort kann er sich nicht ständig hinter seiner Sonnenbrille verstecken. „Gut, dann müssen wir die Badesachen packen", helfe ich ihm, „habt ihr Sachen in eurem Zimmer?" Vroni packt ihren Bruder und sie verschwinden nach oben. „Meiner liegt bei mir", grinse ich, „also musst du wohl einen Umweg machen:" „Oder wir kaufen dir einen Neuen", meint er, „du findest sicher einen im Shop." Kurz darauf stehe ich unentschlossen im Shop der Therme und halte einen Badeanzug und einen Bikini in die Höhe und während die Kinder auf den Bikini zeigen, zahlt William einfach beide, was mir furchtbar unangenehm ist. Ich lächle etwas gewählt und verschwinde mit Vroni in der Umkleide. „Ich finde es toll, dass du unseren Papi liebhast", meint die Kleine, „du bist viel netter als Pamela. Die wäre auch nicht hier." „Ich verstehe gar nicht, wie man euch nicht liebhaben kann", meine ich, nehme sie kurz in die Arme, bevor wir uns ins Badevergnügen stürzen. William erträgt die Blicke tapfer, auch wenn es ihm schwerfällt.

Kapitel 12- Familienleben

- W-

Warum musste ich die Therme vorschlagen? So lässt sich mein Privatleben nicht geheim halten. Aber nach gestern ist es eh egal. Neugierige Blicke verfolgen uns, doch beim Toben mit den Kindern treten diese in den Hintergrund und wir werden zu dem, was wir sind- eine beinahe normale Familie. Sie hat sich für den Bikini entschieden und sieht darin traumhaft aus. Und die Kinder finden es toll, dass Jessica an unserer Seite ist. Leon wollte beim Umziehen wissen, ob sie meine „richtige" Freundin ist. Muss ich ihr erzählen, wenn wir heute Abend allein sind. Dass es nicht soweit kommen wird, konnte ich zu dem Zeitpunkt noch nicht ahnen. Kurz bevor wir uns auf den Heimweg machen, läutet mein Handy. „Was?", motze ich, als ich den Anrufer identifiziere, „wir sind ja schon auf dem Weg- Was heißt bei mir? Du weißt, dass ich eine neue Beziehung habe und die Saison wieder los geht—Und das fällt dir jetzt ein? – Jetzt komm mir nicht mit, das sind auch deine Kinder, darüber bin ich mir durchaus bewusst- ja, war ja klar, nun bin ich wieder der Böse. Ich muss das erst mit Jessica besprechen, ich melde mich." Die drei warten am Auto auf mich. „Was haltet ihr von Fastfood?", frage ich und ernte ein dreifaches „Ja". Jessica sieht mich fragend an und runzelt die Stirn. Nach dem Essen schicke ich die Kinder in den Spielbereich und kann Jessica endlich meine schlechte Laune erklären. Sie unterbricht mich nicht, erst als ich fertig bin, lächelt sie. „Mich stört es nicht, wenn die Kinder da sind. Hat sie gesagt, wie lange ihr Pärchen Dasein dauern soll?" „Aber was wird aus uns? Wir sind gerade mal 24 Stunden ein Paar und ich drücke dir meine Kinder aufs Auge. Ich bin voll in der Saisonvorbereitung, das Pokalspiel steht an und…" „Ich habe Ferien," Jessica scheint es wirklich ernst zu meinen, „wir bekommen das schon hin." Ich greife zum Telefon und rufe meine Exfrau an: „O.K., einverstanden. Für wie lange hast du dir die Kinderauszeit vorgestellt? 14 Tage!! Das zahle ich dir zurück." Die Kinder jubeln begeistert, als ich ihnen die Neuigkeit mitteile. Zwei Wochen Vollzeitvater, das war ich zuletzt vor Leons Geburt und ich glaube, ich war nicht besonders gut darin. Doch Jessica hat das prima im Griff und so werde ich mein Bestes geben.

- J-

„Na super, innerhalb von 24 Stunden zur Spielerfrau und Stiefmutter in Vollzeit", denke ich kurz. Die zwei freuen sich diebisch auf die Zeit mit ihrem Vater und sie sind ja wirklich süß. Aber wenn ich ehrlich bin- war ich aber nicht, ich habe zugestimmt, wäre ich lieber mit ihm allein. Als ich Leon ins Bett bringe, drückt er mir ein Bild in die Hand, das vier Personen zeigt. „Vroni, Papa, du und ich", grinst er mich an. Ich lächle zurück: „Das bekommt einen Ehrenplatz. Träum was Schönes. Ich lasse das kleine Licht an." Durch den Tag in der Therme ist auch Vroni schnell zum Einschlafen zu bewegen. Relativ schnell bin ich wieder im Wohnzimmer, wo William mit einem Glas Wein auf mich wartet. „Bist du sicher, dass das für dich in Ordnung ist?", fragt er erneut und ich beschließe, die Wahrheit zu sagen. „Nun ja, wenn ich ehrlich bin, ich hätte mir die ersten Tage mit dir anders vorgestellt. Aber das kommt davon, wenn man sich einen Vater angelt. Die Kinder gehören zu dir und darum auch etwas zu mir." Ich drücke ihm Leons Bild in die Hand, was ihn nun endlich zum Lächeln bringt. „Ich verspreche dir, wir haben trotzdem noch Zeit für uns." Gerade als er mich in die Arme nehmen will, ertönt ein Angstschrei aus Leons Zimmer. Zwei Stufen auf einmal nehmend stürzt der besorgte Vater nach oben. Ich folge ihm, komme aber kaum hinterher. Leon sitzt panisch in seinem Bett. „Eieiein Moonster", stottert er, „unter meinem Bett." William nimmt seinen Sohn in den Arm und sieht hilfesuchend in meine Richtung. „Ein Monster? Unter dem Bett? Das geht ja gar nicht", murmle ich, „Ich glaube, wir brauchen einen Staubsauger." William runzelt die Stirn, murmelt aber dann: „Unter der Treppe." Kurz darauf bin ich mit dem Sauger zurück, schalte ich ein und drücke ihn dem Jungen in die Hand. „Los, wir saugen es auf," ermuntere ich ihn. Und wie erwartet, saugt der Kleine darauf los. „Eingesaugt", meint er schließlich, „und jetzt?" „Nun werfen wir es in die Mülltonne", flüstert William, nimmt den Beutel heraus, bindet ihn zu und gemeinsam entsorgen Vater und Sohn den Beutel. Beruhigt klettert der Kleine zurück in sein Bett und ist kurz darauf eingeschlafen. Arm in Arm verlassen wir das Zimmer und können den Rest der Nacht unsere junge Liebe genießen. Nach dem Frühstück am nächsten Morgen beschließen wir, William zum Training zu begleiten, was für erstaunte Blicke bei Mitspielern, den Spielerfrauen und der anwesenden Presse sorgt. Aber da Fotos der Kinder tabu sind, bin auch ich geschützt. Sylvia, die in Begleitung ihrer Stieftochter neben mir erscheint, meint mit gezwungenem Lächeln: „Das passiert dir jetzt sicher öfter:" „Ja, ich weiß, aber was sollte ich tun? Es ablehnen?" Mein Lächeln ist nicht besser. „Aber eigentlich sollten wir es tun? Sonst führen wir bald ein Leben nach Wunsch der Expartner." Sylvia klingt ziemlich frustriert, „naja, wenigstens lehnen dich seine Kinder nicht ab. Nach Pamela zwar kein Wunder, aber es erleichtert die Sache etwas." Bevor ich antworten kann, hören wir einen markerschütternden Schrei. Obwohl es kein Schmerzensschrei ist, renne ich sofort los in Richtung

Die Spielerfrau

Spielbereich und entdecke Leon im Streit mit einem anderen Jungen in seinem Alter. Als er mit den Fäusten auf ihn losgehen will, schreite ich ein. „Was soll das Leon. Seit wann lösen wir denn Konflikte mit Gewalt?" Die Mutter des Jungen, ebenfalls eine „Spielerfrau" versucht dasselbe mit ihrem Jungen. Ich zwinge Leon, mich anzusehen, und fordere eine Erklärung. „Der will mich nicht schaukeln lassen", folgt diese prompt. „Aber ich war zuerst", erwidert der andere. „wie wäre es denn wenn ihr euch abwechselt"; schlage ich vor, „jeder darf zehnmal schaukeln. Ihr könnt doch schon bis zehn zählen, oder?" Beide nicken und machen sich konzentriert ans Zählen. „Andrea, die Frau von Marc", stellt sich mein Gegenüber vor. „Jessica, die Freundin von William", ich ergreife die dargebotene Hand, „aber das weiß ja sowieso jeder." Mit der Zeit gesellen sich immer mehr Mütter und Kinder zu uns und ich muss den Begriff der Spielerfrau revidieren. Nicht alle entsprechen dem Klischee der Frau, die durch den Mann berühmt werden will, sondern sind Mütter, die einen berühmten Mann zum Partner haben. Genau wie ich füge ich hinzu. Es wird ein entspannter Nachmittag, der durch das Hinzukommen der Männer unterbrochen wird. Also sammeln wir die Kinder ein und begeben uns langsam zum Auto. Ehe wir uns versehen sind die 14 Tage um und die Kinder werden zu ihrer Mutter zurückkehren.

Kapitel 13- Das normale Leben

- W-

Zu wissen, dass die Familie im Stadion ist, spornt mich zu
Höchstleistungen an, auch wenn ich, dank meiner
Mitspieler nicht oft gefordert werde. Nach einem Sieg am
Samstag gibt uns der Trainer am Sonntag frei. So
genießen wir den letzten Tag als Familie ganz entspannt
bei einem späten Frühstück. Der Garten ist nun wieder
kindertauglich, nachdem Jessica und die Kinder mich mit
einem Kletterturm überrascht haben. Leon hatte mich so
lange genervt, bis ich ein paar Mitspieler
zusammengetrommelt habe, um in aufzubauen. Die
dazugehörigen Frauen haben sich mit Jessica bei
unserem Versuch ein Fundament zu gießen, prächtig
amüsiert. Nun steht er mitten im Garten und wird fleißig
frequentiert- selten sind nur unsere Kinder im Garten.
Das alles werde ich wohl mehr vermissen, als ich
zugeben will. Ich muss unbedingt versuchen, mehr Zeit
mit den Kindern zu haben. Aber die Saison ist in vollem
Gange und in den englischen Wochen ist die Zeit knapp.
Und die Schule beginnt auch bald wieder, was Jessicas
Zeit ebenfalls einschränkt. Ich lächle meine Partnerin an,
die auch ihren Gedanken nachhängt. „Was denkst du?",
höre ich sie fragen. „Nun ja, ab morgen sind wir wieder
nur ein Paar", antworte ich, „ich glaube, ich werde sie
vermissen. "Jessicas Lächeln wird breiter. „Ich   auch,
auch wenn ich die Zweisamkeit genieße. Aber sie
kommen ja wieder." Bevor Wehmut aufkommen kann,

kommt Leon mit dem Ball auf mich zu und fordert mich zu einem Spiel auf. Diesen Wunsch erfülle ich ihm gerne. Vroni und Selina toben auf dem Klettergerüst und Jessica breitet ihre Unterlagen auf dem Tisch aus und beginnt mit den Vorbereitungen für das neue Schuljahr. Ich finde es spannend, sie voll in ihre andere Welt abtauchen zu sehen. Aber nicht nur die Kinder werden ab morgen nicht mehr hier sein auch Jessica wird wieder vermehrt in ihrer Wohnung bleiben. Vielleicht überzeuge ich sie noch, hierzubleiben.

- J-

Morgen holt mich mein anderes Leben, das der Lehrerin wieder ein. Einerseits freue ich mich darauf, andererseits wird es seltsam sein, allein in meiner Wohnung zu sein. Vielleicht sollte ich Williams Angebot, ganz zu ihm zu ziehen, doch annehmen. Die Hälfte meiner Sachen ist in den letzten Wochen sowieso Stück für Stück zu ihm gewandert. Wir werden sehen. Der Sonntag vergeht schnell und als Stefanie, die Mutter der Kinder vor der Tür steht, kommt es zu einem kurzen Aufstand von Leon, der sich weigert, ins Auto zu steigen. Es ist ein offenes Geheimnis, dass er Paul, den Lebensgefährten der Mutter nicht leiden kann. Da habe ich richtig Glück gehabt. Mit dem Versprechen, die nächsten Ferien wieder bei uns verbringen zu dürfen, fährt er schließlich freiwillig mit. Am Montagmorgen begebe ich mich voller Vorfreude in die Konferenz. Chris war mit Rick auf Kreuzfahrt und scheint nun mit ihm zusammen zu sein. Als ich das Lehrerzimmer betrete, sitzen erst zwei Kollegen da, die mich lächelnd begrüßen. Insgeheim warte ich auf einen Kommentar, bin aber froh, dass die Beziehung zu William kein Thema zu sein scheint. Doch zu früh gefreut, kaum betritt Chris den Raum, geht es auch schon los. „Ach was, unsere Berühmtheit arbeitet ja noch- hast du das denn noch nötig?" Erschrocken über die Feindseligkeit in ihrer Stimme bleibt mir kurz die

Sprache weg. Nun sind alle Blicke auf mich gerichtet und man wartet auf meine Antwort: „Nein, ich könnte mich auch als Spielerfrau im Glanze meines Partners sonnen, aber ich liebe meinen Beruf und werde deshalb weiterarbeiten. Wenn du damit ein Problem hast, tust du mir leid." Einer der Kollegen grinst mich an: „Weißt du eigentlich, dass ihr zwei uns Männer in eine Zwickmühle gebracht habt? Meine Frau war so begeistert von Williams Liebesbekundung, dass sie sich nun zu unserem Hochzeitstag etwas Besonderes erwartet. Nun stehe ich da- keine Ahnung was ich tun soll." „Naja, eine Liebeserklärung in der vollbesetzten Arena ist auch schwer zu schlagen," grinse ich zurück, „mir wäre weniger lieber gewesen." Das Kollegium scheint sich in zwei Lager zu teilen, die einen neidisch, die anderen verständnisvoll. Die Konferenz zieht sich wieder ewig, was vor allem an Ricks Organisationswahn liegt. Meine Gedanken folgen ihm schon lange nicht mehr, ich kenne ihn zu gut, um etwas Außergewöhnliches zu erwarten. Als er mich direkt anspricht, blicke ich ihn völlig überrumpelt an. „Was?", hilfesuchend blicke ich in die Runde und ein Kollege hält mir seine Notizen hin, worauf steht „Drei Nachmittage Jessica?" „NEIN!", das klingt sehr barsch, ist aber so beabsichtigt. „Ich muss ja schon damit leben, dass ich ständig mit neuen Kollegen arbeite, aber drei Nachmittage mache ich nicht- zumindest nicht als Einzige:" Rick sieht mich entgeistert an- Widerspruch von mir, das kennt unser Konrektor nicht. Unsere Rektorin grinst mich an. „Drei Nachmittage sind auch einer zu viel, aber Richard meinte, es wäre dein eigener Wunsch, also habe ich es abgesegnet." Nachdem ein Kollege den Nachmittag übernimmt, scheint die Sache vom Tisch. Aber Ricks Blick nach zu urteilen ist es noch nicht vorbei. Also folge ich seinen Ausführungen nun doch. Kurz vor Ende der Konferenz kommt unsere Chefin auf externe Veranstaltungen zu sprechen. „Und zum Schluss", sie lächelt erneut in meine Richtung, „Haben wir noch ein

Schreiben von Williams Mannschaft. Die Kinder der Fußball- AG dürfen als Einlaufkinder in der Champions League dabei sein." Was? „Da werden sie sich sicher freuen." Ob William da seine Finger im Spiel hat? Ich muss ihn fragen. „Gut, wenn man Verbindungen hat", spottet Rick, „da kommt die Schule zu zweifelhaften Ehren." „Idiot", denke ich, unterlasse es aber, zu antworten. Doch beim Verlassen der Schule folgt er mir. „Wenn deinetwegen die Schule in Verruf kommt, dann…" „Was? Du spinnst doch. Als ob ich die einzige Frau wäre, die mit einem Fußballer liiert ist. Wen interessiert unsere Schule? Aber was du hier aufführst ist doch lächerlich. Es tut mir leid, wenn ich dich in deiner Ehre gekränkt habe. Lass mich einfach in Ruhe." Mein Expartner ist aber noch nicht fertig. Er scheint nun ein neues Opfer gefunden zu haben. „Meine Schule braucht keine Almosen von ihnen", poltert er an mir vorbei, „und auch keine Presse." Ich spüre Williams Hände auf meinen Schultern, als er mich sanft zur Seite schiebt. „Ich weiß nicht, wo ihr Problem liegt", meint er ruhig, „ich sehe keine Presse und Jessicas Beruf hat rein gar nichts mit unserer Beziehung zu tun." Ich greife nach Williams Hand und versuche, ihn zum Gehen zu bewegen, doch wieder einmal bin ich machtlos gegen seine Größe und sein Gewicht. Ich weiß, dass William Rick nichts tun wird, bin mir aber nicht sicher, zu was Rick in seinem Groll fähig ist. Von Chris, die auf uns zukommt, ist keine Hilfe zu erwarten. Oh Mann, ich bin doch nur verliebt- wo liegt euer Problem, würde ich gerne fragen, aber stattdessen wende ich mich an William: „Komm, lass uns gehen, das ist doch lächerlich." Er nimmt mich in den Arm und wir verlassen das Schulgelände. „Sicher, dass du hier weiterarbeiten willst?", fragt er, bevor wir ins Auto steigen. „Was? Ja schon. Vergiss die beiden einfach. Sag mal, hast du was mit der Einladung für unsere Projektgruppe als Einlaufkinder zu tun?", meine ich schließlich und hoffe auf ein eindeutiges Nein. Seinem Grinsen nach zu urteilen ist er nicht so unschuldig, wie ich gehofft habe. „Dann hat Rick also Recht, nur weil ich deine Freundin bin…" „Was heißt denn hier nur?", unterbricht er ich immer noch grinsend, „und um auf deine Frage zurückzukommen, - nein, das kommt nicht von mir. Wir haben uns in der Mannschaft darüber unterhalten, ob wir solche Projekte weiterhin unterstützen, aber von Einlaufkindern gesprochen hat unser Trainer. Stellt das für die Schule ein Problem dar?" Ich schüttle den Kopf: „Nur für Rick und Chris. Was machst du eigentlich hier?" „Dich abholen Ich habe drei Stunden frei und ich dachte"- nun wirkt er doch etwas verunsichert, „du freust dich." „Tu ich ja auch. Sorry, ich bin nur etwas genervt", versuche ich mich zu rechtfertigen. Seine gute Laune ist sofort wieder da. „Ich weiß, was da helfen kann. Zu dir oder zu uns/ ähm mir?" „Kurz zu mir", ich lächle ihn an, „damit ich ein paar Schulsachen holen kann und dann zu uns." In Williams Gesicht zeichnet sich die Frage ab, doch er hat versprochen mich nicht zu drängen. Ich bin mir jedoch sicher, dass ich nicht allein in meiner Wohnung bleiben will. „Hilfst du mir? Dann kann ich mehr auf einmal umziehen", bitte ich ihn, als wir vor meiner Wohnung stehen. „Heißt das?", fragt er nun doch, „du ziehst zu mir?" „Zu uns", necke ich ihn, „aber meine Wohnung behalte ich. Man weiß nie." William zieht mich aus dem Auto und küsst mich so stürmisch, dass wir es kaum schaffen bis zur Wohnungstür zu kommen. Kaum zieht er die Tür hinter uns zu, lassen wir unserer Leidenschaft freien Lauf. Ungeduldig ziehe ich an seinem Gürtel, während er mir das Shirt über den Kopf zieht. 1 1/2 Stunden später ist das Thema Ex völlig vergessen. Als William auf die Uhr sieht, ist die Romantik vorbei. Während William im Bad verschwindet, öffne ich meinen Schrank und ziehe den kläglichen Rest meiner Sommer- und Übergangsklamotten heraus. Dabei lächle ich vor mich hin. Mir war nicht bewusst, dass so viele Kleidungsstücke bereits bei William sind. Der Rest passt in den Koffer, den ich für die Kreuzfahrt gekauft hatte. Bei den Schulsachen sieht es anders aus, aber auch die sind schnell gepackt. Etwas wehmütig sehe ich mich in meinem Arbeitszimmer um und denke daran, wie Dad und ich es gekauft haben. „Das müssen wir später holen, der Porsche packt das nicht", flüstert mir William ins Ohr. „Finden wir dafür Platz?", erleichtert, nicht mein gesamtes früheres Leben aufgeben zu müssen, atme ich tief aus. „Aber sicher doch, vielleicht machst du eine Liste was du mitnehmen willst, dann holen wir das am Wochenende", ergänzt er lächelnd, „so wird aus bei mir ein bei uns. Hast du sonst alles?" „Für die Woche wird es reichen, außerdem ist sowieso schon eine Menge meiner Sachen bei dir", lächle ich. William schnappt sich die Kisten mit den Schulsachen und ich ziehe den Koffer hinter mir her. Der Porsche scheint kurz aufzustöhnen, als er die Kisten und den Koffer sieht, aber wir bringen alles unter. Nun bleibt aber keine Zeit mehr in mein neues Zuhause zu fahren. „Kein Problem, dann arbeite ich eben im Stüberl", beantworte ich seine stumme Frage. Und so kommt es, dass ich, meinen Timer, den Wochenplan und meine Bücher ausgebreitet, am Trainingsgelände anfange zu arbeiten. Die Schulwoche ist dank meinem Fundus schnell vorbereitet und schnell mache ich mich an die Umzugsliste- Arbeitszimmer, restliche Klamotten, Schuhe und was noch? Immer wieder gehe ich Raum für Raum meiner Wohnung durch, doch nichts scheint mir wichtig. Nun gut, mein Zuhause wird ja nicht aufgelöst, also kann ich immer dahin zurück, um etwas zu holen. Ach ja, meine Bücher, vielleicht finden wir dafür Platz, um sie endlich aufzustellen. Also kommen sie auch auf die Liste. „Ist das alles?", Sylvia lächelt mich an, „das Arbeitszimmer?" „Ein Geschenk meines Vaters zum Examen", erkläre ich ihr, „und ich habe nicht vor ständig hier zu arbeiten." „Bist du fertig?", hakt sie nach und hält mir ein Glas Wasser vor die Nase, das ich dankend ergreife. Mein Kaffee ist inzwischen kalt geworden, aber ich trinke ihn trotzdem. „Bist du schon länger hier?", frage ich meine neue Freundin und räume die Sachen in meine Schultasche. „Eine Weile", antwortet sie, „aber ich wollte dich nicht stören."

- W-

„Hey, mach mal langsam", keucht unserer Torwarttrainer, als ich ihn zu schnelleren Ballstafetten antreibe. Die zwei Kollegen schütteln amüsiert den Kopf. „Die Liebe verleiht dir wohl Flügel", spottet Mike und Toby nickt zustimmend. Irritiert sehe ich sie an. Ich war schon immer ehrgeizig und fordere von mir immer alles-also was hat Jessica damit zu tun? Toby setzt zu einer Erklärung an: „Naja, der Will aus der Vorbereitung und der heute- das sind zwei verschiedene Menschen. Also muss es an Jessica liegen." Verdammt, sie haben recht und jetzt, da sie zu mir zieht, scheine ich noch ehrgeiziger zu sein. Ich sehe sie mit Sylvia aus dem Stüberl treten und stolpere prompt über einen Ball. Die zwei jungen Kollegen kriegen sich vor Lachen kaum ein. Und ich? Ich lache mit, ebenfalls eine neue Seite von mir. Als Toby ins Tor geht, sehe ich erneut in ihre Richtung und versuche dann, den Ball unhaltbar auf das Tor zu werfen. Gut, unhaltbar sind die ersten zwei auf alle Fälle, da sie meilenweit am Tor vorbei gehen. Die komplette Mannschaft amüsiert sich nun prächtig und auch die beiden Frauen grinsen vor sich hin. „Na toll, dass ich zu eurer Belustigung beitrage", murmle ich halbherzig und versenke den nächsten Ball im Tor. Beim Auslaufen organisiere ich ein paar Mannschaftskollegen, die mir beim Umzug helfen. „Geht ja ganz schön schnell", meint Ahmet, „ich dachte, sie will eigenständig bleiben und ihre Wohnung behalten." „Wird sie auch, als Rückzugort, wenn sie genug von mir hat, aber wir wohnen ja schon zwei Wochen zusammen, also versucht sie es," entgegne ich und überlege dabei, ob ich sie nicht doch zu der Entscheidung gedrängt habe. Aber Jessica wäre nicht sie selbst, wenn sie sich zu etwas drängen ließe. Also weg mit den Zweifeln. „Hast du die Umzugsliste?", frage ich sie auf dem Weg nach Hause, „Wir holen die Möbel am Freitag." „Ist nicht viel", ihre Stimme klingt leise, „aber du musst meine Bücherkisten aus dem Keller mitnehmen. Und mich morgen früh zur Schule fahren, mein Auto steht noch auf dem Parkplatz." „Klar mache ich alles. Vielleicht kannst du die Kisten nach vorne räumen, dann geht es schneller." Zuhause angekommen leeren wir eines der Gästezimmer und stellen die Schulkisten hinein. Jessica hat sich für den kleineren Raum entschieden, so dass diese Aktion in kürzester Zeit beendet ist. Sie verschwindet mit dem Telefon auf die Terrasse, um ihre Eltern zu informieren. Ihr Vater ist davon sicher nicht begeistert, aber meine Partnerin hat ihren eigenen Kopf. Als ich kurz darauf zu ihr trete, lächelt sie: „Sie kommen uns demnächst besuchen. Und Dad meinte, du sollst auf mich aufpassen." „Oder auf mich", füge ich im Stillen hinzu, an die Warnung ihres Vaters denkend.

Kapitel 14- Der erste Schritt

- J-

Der erste Schultag vergeht wie im Flug. Als unsere Rektorin den Einlaufkindern die freudige Nachricht überbringt, bricht ein großer Jubel aus. Für die Kinder ist das normal, dass ihre Lehrerin nun mit einem Fußballtorwart zusammen ist, alles andere ist mir egal. Rick, Chris und ich gehen uns weitgehend aus dem Weg. Als ich am Freitag aus der Schule komme, stehen die Möbel im Arbeitszimmer und die Umzugskisten im Haus verstreut. Da William im Training ist, beginne ich mein Arbeitszimmer einzurichten und lächle, als ich die Kiste mit den Dekoartikeln entdecke. Die haben wirklich an alles gedacht. Eine Stunde später kann ich es mir in meinem Sessel bequem machen und sehe mich um. Mit einem Foto und einem kurzen „Angekommen" melde ich mich bei meinen Eltern. Aber allzu lange bleibe ich nicht sitzen. Meine, nicht gerade kleine Kinderbuchsammlung verteile ich in den Zimmern der Kinder, die sofort bewohnter aussehen. Der Rest der Bücher bleibt in den Kisten, da ich das gerne mit William absprechen will. Danach geht es zurück ins Arbeitszimmer und ran an die Deko. Das Bild eines unbekannten Malers, das ich in London gekauft habe, hängt schnell an der Wand über dem Highboard. Es zeigt einen sonnigen Tag am Meer, mit Wellen, Möwen und einem Felsen, der sich trotzig den Naturgewalten entgegenstellt. Der Kauf hat mich einige Überwindung gekostet, da ich die 100 Pfund eigentlich nicht übrighatte, doch jetzt merke ich, dass es mein eigenes Leben widerspiegelt. Auch ich fühle mich im Moment wie der Felsen, der seiner Umgebung hilflos ausgeliefert ist und doch bestehen bleiben will. Stück für Stück fühle ich mich in dem Zimmer zuhause. Im Rest des Hauses findet man noch nicht so viele Dinge von mir, so dass ich mich, wenn William nicht zuhause ist, noch etwas verloren fühle. Aber das wird sich mit der Zeit geben. Schließlich ist das letzte Stück an seinem Platz und ich beschließe, das Essen vorzubereiten, da William in etwa einer Stunde eintreffen wird. Ich durchforste den Kühlschrank, der wieder einmal fast leer ist, und entscheide mich notgedrungen für Steak und Gemüse. Während des Gemüseputzens läutet es an der Tür. „Wer kann das sein?", frage ich mich, gehe zur Tür und stoße einen Freudenschrei aus, als ich die Personen identifiziere. Meine Eltern stehen mit einem breiten Grinsen und einem riesigen Blumenstrauß vor mir. „Was macht ihr denn hier?", kann ich noch fragen, bevor mich mein Vater stürmisch in die Arme nimmt. „Mal sehen, wie du jetzt so lebst", meint er, „Geht es dir gut?" „Hervorragend, danke", murmele ich, „kommt doch rein." Ich stelle die Blumen in eine Vase und zeige meinen Eltern dann mein neues Zuhause. Froh darüber, die meisten Kisten schon ausgepackt zu haben, präsentiere ich mein Arbeitszimmer und merke, dass mein Vater tief ausatmet. „Schön, dass du nicht dein gesamtes früheres Leben über Bord geworfen hast", meint er. „Ach Dad", flüstere ich, plötzlich den Tränen nah, „Ich wünschte, du würdest William akzeptieren." „Tue ich ja", verteidigt er sich, „aber es geht alles so schnell." Bei der Besichtigung kommen wir auch an den Kinderzimmern vorbei. „Die Zimmer der Kinder, die kommen alle vierzehn Tage", erkläre ich, während ich Leons Tür öffne. Nun ist es Mum, die nach Luft schnappt. Ich habe vergessen, meinen Eltern von den Kindern zu erzählen. „Teilzeitoma", höre ich sie flüstern, „ganz was Neues." „Irgendwann wirst du sie kennenlernen, und dich Hals über Kopf in sie verlieben," grinse ich. Dass meine Mutter gerne Oma werden würde ist ein offenes Geheimnis und nun bekommt sie zwei „Teilzeitenkel" auf dem Silbertablett serviert. Bevor wir mit der Besichtigung fortfahren können, sperrt William die Tür auf und betritt mit einem „Bin zuhause" das Haus.

- W-

Sie hat begonnen auszupacken, stelle ich lächelnd fest, doch mein Lächeln gefriert in meinem Gesicht, als sie mit ihren Eltern die Treppe herunterkommt. „Oh Besuch", stammle ich, wieder einmal nervös, als mich ihr Vater ansieht, und nehme Jessica in den Arm. „Warum hast du nichts gesagt?", flüstere ich ihr ins Ohr. „Das ist eine Überraschung, was?", grinst ihr Vater und schlägt mir auf den Rücken. Aber wirklich. „Und sie bleiben das ganze Wochenende", strahlt mich meine Partnerin an. Das wird ja immer besser. Morgen ist Heimspieltag, also bin ich das ganze Wochenende, Spiel und Trainingszeiten ausgenommen, den strengen Blicken des Anwaltes Rolf Müller ausgeliefert. Aber meine Freundin scheint darüber glücklich zu sein, also finde ich mich damit ab. „Ich gehe mich kurz umziehen, dann lade ich euch zum Essen ein", sage ich, bevor ich nach oben verschwinde. Im Schlafzimmer sinke ich auf das Bett und atme tief durch. Ich habe mir die ersten Stunden in unserem Zuhause anders vorgestellt. Gedankenverloren drehe ich das Schmuckkästchen, das ich zur Feier des Tages gekauft habe in der Hand. „Alles o.k.?", klingt es von der Tür her, „Wenn du willst bringe ich sie im Hotel unter." Ich springe auf und schließe sie fest in meine Arme. „Quatsch, ich bin nur etwas überrumpelt. Aber es ist in Ordnung. Ich habe hier ein Geschenk für dich. Zum Einzug." Ich drehe sie um und lege ihr die Kette mit Herzanhänger um den Hals. Der blaue Stein passt perfekt zu ihren Augen, die zu leuchten beginnen, als ich sie zum Spiegel drehe. „Also, wo gehen wir zum Essen hin. Was essen deine Eltern besonders gerne?" Sie überlegt kurz, küsst mich dann stürmisch, öffnet den Schrank und zieht ihr Lieblingskleid heraus: „Mum isst alles und Dad- italienisch ist nicht schlecht." „Damit ich genügend Kohlenhydrate bekomme", ziehe ich sie auf und bekomme dafür ihr Shirt an den Kopf. Zehn Minuten später kehren wir ins Wohnzimmer zurück, wo wir noch ein „Sie ist glücklich, also benimm dich" zu hören bekommen. Das Essen beim Italiener verläuft so entspannt, dass mir ihre Eltern das Du anbieten. Also Maria und Rolf muss nachziehen. Jessica drückt unter dem Tisch meine Hand und ich kann sie zum ersten Mal an diesem Abend entspannt anlächeln. Und trotz allem bin ich froh, als wir allein im Schlafzimmer sind. „Du hast ausgepackt?", frage ich sie und umarme sie fest. „Ja, fast alles", antwortet sie und schmiegt sich fest an mich, „nur ein paar Bücher suchen noch ihren Platz." „Du kannst sie hinstellen, wo immer du willst", ermuntere ich sie, die Unsicherheit in ihrer Stimme bemerkend. „Meine Kinderbücher stehen in den Kinderzimmern. Und mein Arbeitszimmer ist fertig, sogar mein Bild habe ich aufgehängt." Der stolz in ihrer Stimme ist unüberhörbar. „Das mit den Wellen?", hake ich nach, „das ist mir bei dir gar nicht aufgefallen, aber es stand im Arbeitszimmer, also haben wir es mitgenommen. Ich finde es toll-meinetwegen kannst du es auch woanders hinhängen."

- J-

Er hat es sich angesehen und er findet es toll. Außerdem bemüht er sich krampfhaft, den Besuch meiner Eltern zu genießen. Mum hat Dad ziemlich im Griff, so dass dieser ebenfalls versucht, den neuen Partner seiner Tochter zu mögen. „Ich habe es in London gesehen und war sofort begeistert- und nein, da wo es hängt ist es perfekt", murmele ich an seiner Brust und schlafe kurz darauf ein. Am nächsten Morgen läutet der Wecker sehr zeitig, da William zum Spieltag muss. Er küsst mich kurz und verschwindet im Bad. Ich kuschle mich unter die Decke und schlafe nach einem „viel Erfolg" wieder ein. Komisch, das erste Heimspiel, seitdem wir ein Paar sind, dass ich nicht im Stadion verbringe, aber ich freue mich auf den Tag mit meinen Eltern. Zwei Stunden später werde ich durch ein Klopfen an der Tür geweckt. „Jessica, bist du wach? Ich glaube du solltest herunterkommen", höre ich meine Mutter. Was? Ich quäle mich aus dem Bett und stapfe die Treppe hinunter. Im Flur höre ich meinen Vater lauthals mit einem anderen Mann diskutieren. „Davon weiß meine Tochter nichts", höre ich ihn poltern, „dafür gibt es Vereinbarungen." „Meine Frau und ich haben Termine, da können wir die Kinder nicht brauchen." Oh Gott, Paul- die Kinder. Meine Schritte werden schneller. Mum hat die Zwerge mit in die Küche genommen und versorgt sie mit Kakao und Keksen, also wende ich mich nun ebenfalls Paul zu: „Was willst DU hier? Ihr könnt die Kinder nicht ständig zu uns abschieben. William hat Spieltag und wir haben Besuch", fauche ich. „ER ist der Vater nicht ich", bekomme ich zur Antwort, „morgen gegen 17.00 Uhr hole ich sie wieder ab." Er dreht sich um und verschwindet. „Arsch…", murmele ich und gemeinsam mit Dad gehe ich in die Küche, wo mich zwei verschreckte, schokoladenverschmierte Kinder erwarten. Leon rutscht vom Stuhl und vergräbt sein Gesicht in meinem Nachthemd. „Wow, das geht ja schneller mit dem Papa Wochenende als gedacht", lächle ich und drücke den Kleinen an mich, „und ich habe eine Überraschung für euch." Beim Thema Überraschung hellen sich die Kindergesichter auf. Also gehen wir Hand in Hand in die Zimmer, wo sie die Bücher entdecken und sofort zu blättern beginnen. „Bin gleich wieder da", rufe ich, „gehe mich nur kurz anziehen." Im Schlafzimmer lasse ich mich auf das Bett fallen. William muss wirklich ein ernstes Wort mit Steffi reden. Ich springe kurz unter die Dusche und schlüpfe dann in Shirts und Shorts. Kurz bevor ich fertig bin, kommt Mum ins Zimmer. „Läuft das immer so?", an ihrer Stimme merke ich, dass sie ziemlich angefressen ist. „Öfters", murmele ich kraftlos, „Die ersten beiden Wochen unserer Beziehung hatten wir sie auch bei uns und nun lädt er sie wieder unangemeldet bei uns ab. Ich liebe die Zwei, aber eigentlich…" „Wärst du lieber mit ihm allein", fügt Mum hinzu und ich kann nur nicken. Als wir Vroni und Leon lachen hören, machen wir uns auf die Suche nach ihnen und finden sie im Wohnzimmer auf der Couch. Zwischen ihnen sitzt mein Vater der, noch gestern von der Vorstellung Großvater zu sein, nicht begeistert war und liest aus meinem Lieblingskinderbuch vor. „Genauso hat er es bei uns gemacht und auch dasselbe Buch", flüstere ich. Mum und ich sind abgemeldet und so beschließen wir, einkaufen zu gehen. Nachdem wir den dreien Bescheid gegeben haben, fahren wir los und kehren eine Stunde später voll bepackt zurück. Inzwischen ist unser Garten wieder mit den Nachbarskindern bevölkert. Sylvia steht mit Dad auf der Terrasse und unterhält sich angeregt mit ihm. Kaum hat Leon mich entdeckt, läuft er auch schon auf mich zu. „Opa Rolf hat vorgelesen", strahlt er mich an. Ich sehe meinen Vater fragend an, während ich den Kleinen durch die Luft schwenke: „Das kann der gut, oder?" Kurz darauf wendet sich Leon wieder seinen Spielkameraden zu und ich drehe mich zu meinem Vater: „Opa Rolf?" Er zuckt kurz mit den Schultern. „Was hätte ich denn tun sollen? Herr Müller ist doch falsch. Sie gehören zu dir und somit auch zu einem Teil zu uns. Also ist Opa doch richtig." Mein Dad- nach außen der harte Hund und innerlich ein weiches Herz. Wie William schießt es mir durch den Kopf. Sylvia und Selina bleiben zum Mittagessen und als die Kinder danach wieder verschwinden meint sie: „Du weißt, dass sie nun öfters zu euch abgeschoben werden, oder?" „Was willst du dagegen tun?", fragt Mum. Ich zucke mit den Schultern und werfe einen Blick auf die Kinder. „Ich finde, dass solltest du mit William besprechen und gemeinsam mit ihm eine Lösung finden,"stellt mein Vater fest, „wenn du Hilfe brauchst, helfe ich euch. "Ich sehe Sylvia an: „Ja, ich weiß, du hast mich gewarnt. Aber Paul hat Recht. Es sind Williams Kinder." „Und es sind Steffis Kinder und nicht deine", zerstört Sylvia mein Argument und meine Eltern nicken zustimmend.

Kapitel 15- Rache der Exfrau

- W-

Nach einem Arbeitssieg freue ich mich auf einen entspannten Abend, ein Weißbier und meine Partnerin. Lächelnd betrete ich das Haus. „Jess?" Keine Antwort. Ihr Auto steht in der Garage und das ihrer Eltern vor der Tür also können sie nicht weit weg sein. Die Terrassentür steht offen und aus dem Garten klingt Kinderlachen. Was? Kinderlachen? Sie hat es doch nicht etwa gewagt? Ich spüre, wie mein Blick sich verdunkelt, als ich in den Garten trete. „Daddy" höre ich und meine Tochter fliegt mir entgegen. Ich fange sie auf und wende mich den Erwachsenen zu. „Was?", frage ich lautlos, während ich Vroni absetze. Leon winkt mir von der Schaukel aus zu „Anschubsen bitte", ruft er. Bei meinem „Gleich" macht sich Maria auf den Weg. Sylvia fängt Selina ein und Rolf holt uns ein Bier, so bleiben Jessica und ich allein zurück. „Was zum Teufel machen die Kinder hier?", zische ich und merke, wie meine Partnerin zusammenzuckt. „Was ist hier los?", schiebe ich sanfter nach, als ich ihren erschreckten Blick bemerke. Ihr Blick geht an mir vorbei und sie beobachtet Leon und Maria. Als sie schließlich antwortet, ist ihre Stimme nur ein Flüstern. Mist, ich habe sie erschreckt, dabei kann sie doch wirklich nichts dafür. „Kaum warst du weg, stand Paul mit den Kindern hier und hat sie abgegeben. Angeblich ein Termin, wo sie die Kinder nicht brauchen können. Was sollte ich tun? Sie wegschicken?" Ich nehme sie zärtlich in den Arm und lege mein Gesicht in ihr Haar. „Nein, natürlich nicht, aber so geht das nicht. Ich muss mit Steffi reden. Wir haben eine Vereinbarung", murmle ich, „sorry, ich wollte meine schlechte Laune nicht an dir auslassen. Ich bin nur wütend auf…" Jessica rückt ein Stück von mir ab und sieht mich an: „Kein Problem. Hi und habt ihr gewonnen?" „Wie? Ja, 1:0, es war ein schwerer Kampf", mein Lächeln ist noch etwas schief aber meine Wut verraucht langsam. „Hast du eine schriftliche Vereinbarung?", will Rolf wissen, als er mit zwei Weißbieren zurückkommt. Ich lege meinen Arm um Jess und ergreife mit der anderen Hand nach dem Glas, bevor ich den Kopf schüttle. „Nein, denn sonst hätte ich keine Möglichkeit gehabt auszubrechen. Anscheinend habe ich das zu oft getan und nun zahlt sie es mir heim." Er lächelt mich an: „So etwas habe ich mir fast gedacht- ich habe etwas vorbereitet, um den Umgang zu regeln. Also wenn du willst." Ich blicke zwischen meinen Kindern und meiner Partnerin hin und her und ergreife schließlich das Schreiben. „14-tägig an Heimspieltagen ab 18.00 Uhr und in den Ferien anteilsmäßig", lese ich halblaut vor. Jessica runzelt die Stirn: „Anteilsmäßig? Zwei Tage sie und acht Tage wir." Ich muss dringend mit meiner Exfrau reden, sonst verliere ich meine neue Partnerin. Sie tut zwar so, als würde ihr die Situation nicht ausmachen, aber wer übernimmt schon gerne die Verantwortung für fremde Kinder zu Beginn einer Beziehung. Ich unterschreibe den Zettel und Rolf steckt ihn in ein Kuvert. „Mit der Post ist es offizieller", meint er nur, als er meinen fragenden Blick bemerkt. Kurz darauf sitzen wir zu sechst um den Abendbrottisch und ich bemerke, wie Opa Rolf im Umgang mit den Kindern den strengen Anwalt zur Seite legt und das Opa Dasein genießt. Als wir die Kinder, nach einem erneuten Vorlesen ins Bett gebracht haben, diskutieren wir noch eine Weile das Besuchsrecht bis wir in unseren Zimmern verschwinden. „Es tut mir leid", meine ich zerknirscht, doch Jessica verschließt mir den Mund mit einem zärtlichen Kuss. „Das ist kein Problem.

Das ist nun mal so mit einem „Second Hand Mann. Aber etwas mehr Routine würde uns guttun." „Ich sorge dafür- versprochen", antworte ich. Am nächsten Morgen sehe ich auf meine Freundin herab, die tief und fest in meinem Arm schläft. Das Chaos in meinem Kopf hat meine Nacht sehr kurz gemacht. Hunderte Male bin ich das Gespräch mit Stefanie durchgegangen und die Angst davor, dass Jessica oder die Kinder sich von mir abwenden wurde jedes Mal größer. Warum habe ich nicht gleich auf eine schriftliche Vereinbarung bestanden oder spätestens, als sie uns die Kinder in den Ferien auf das Auge gedrückt haben. Ist das wirklich die Rache für mein Verhalten während der Beziehung mit Pamela? Ich habe zwar die Daddywochenenden eingehalten, aber außerplanmäßig nie meine Kinder zu mir geholt, sondern die Zeit lieber mit meiner Geliebten verbracht. Wo ist mein Egoismus geblieben? Der Mensch, den Ahmet schon vor langer Zeit gesehen hat, tritt immer häufiger in den Vordergrund. Nur auf dem Fußballfeld ist Will Karl noch präsent. Sanft versuche ich, mich aus Jessicas Umarmung zu winden, um sie nicht aufzuwecken. Unter der Dusche versuche ich immer noch, meine Gedanken zu ordnen, doch als Jessica zu mir tritt, schalte ich diese aus und gebe mich ganz ihren Zärtlichkeiten und der Leidenschaft hin. „Besser?", fragt sie schelmisch, als ich mich erschöpft an die Wand lehne. „Ja schon, aber ich habe Angst", gebe ich zu. „Angst? Wovor?", ihr Atem geht genauso schnell. „Davor, dass mir das alles um die Ohren fliegt und ich dich oder die Kinder verliere", stoße ich hervor. Jessica lehnt sich an mich und sofort ist die Leidenschaft wieder da. „Erstens habe ich nicht vor, mich von deiner Exfrau vergraulen zu lassen und zweitens lieben dich die Kinder über alles- genau wie ich", flüstert sie und erbringt sofort den Beweis. Wer weiß, wie es weitergegangen wäre, wenn nicht genau in dem Moment die Kinder vor der Tür zu hören wären. „Frühstück ist fertig", klingt es und Jessica löst sich sofort von mir. „Kommen gleich runter", ruft sie und kurz darauf genießen wir das Frühstück. Bis zum Sonntagstraining bleibt noch etwas Zeit, so dass wir einen langen Spaziergang mit Eisbechern unternehmen. Ich verlasse sie ungern, aber da die Kinder sicher nicht vor 18.00 Uhr abgeholt werden fahre ich doch. Es steht nur Auslaufen auf dem Programm und ich bin um 17.00 Uhr wieder zuhause. Um 19.00 Uhr klingelt es und Steffi steht vor der Tür. Jessica kommt mit den Kindern aus dem Garten und kehrt mit dem ersten Läuten dorthin zurück. Die Schlacht kann beginnen und als Rolf sich als unser Anwalt vorstellt, schaffe ich es kurz, sie aus dem Konzept zu bringen. Aber ein vernünftiges Gespräch ist nicht möglich, sie stapft in den Garten, entreißt der verdutzten Jessica die Kinder und rauscht davon. „Dann also offiziell", kann ich ihr noch hinterherrufen.

Kapitel 16- Eine Familie

- J-

Nach ihrem Überfall lässt Steffi sich erst einmal nicht mehr sehen. Das Schreiben meines Vaters kam ohne Unterschrift, nur mit dem Vermerk, dass sich ein Anwalt darum kümmert zurück. Dad hat Williams Vertretung übernommen, aber bis jetzt hat sich noch kein Anwalt gemeldet. Unser gemeinsames Leben spielt sich langsam ein. Das Interesse an unserer Beziehung hat, bis auf einen kleinen Artikel in einer Boulevardzeitung, in dem mein Beruf enthüllt wurde, nachgelassen. Auch im Kollegium ist sie kein Problem mehr, nur Rick und Chris haben noch ein Problem damit. Paul liefert die Kinder pünktlich ab und holt sie wieder ab. Leon ist immer schwerer davon zu überzeugen mitzufahren. Kurz nach einem Besuchswochenende klopft es mitten im Unterricht an meiner Klassenzimmertür und die Sekretärin stürzt herein. Sie überreicht mir eine Telefonnummer und meint: „Der Kindergarten von Williams Sohn hat angerufen. Es gibt wohl ein Problem und der Kleine hat darauf bestanden, nur sie anzurufen. Sie können vom Büro aus telefonieren, ich bleibe solange hier." Was ist passiert, dass Leon anrufen lässt? Ich habe den Kindern für Notfälle unsere Nummern gegeben, auch die von der Schule, damit sie uns jederzeit erreichen können. Mit zittrigen Fingern wähle ich die Nummer und erfahre, dass Leon bitterlich weint und sich von niemanden anfassen lässt. Er hat nur nach seinem Vater und mir gefragt. „Ich komme sofort, muss nur noch eine Vertretung finden", murmle ich. In diesem Moment öffnet sich die Tür unserer Rektorin und als sie mein bleiches Gesicht sieht, fragt sie besorgt: „Alles o.k.?" „Leon, Williams Sohn, da ist was passiert. Ich muss dahin", stammle ich. „Aber natürlich", versucht sie mich zu beruhigen, „Familie geht vor. Fahr zu, ich vertrete dich." „Danke, ich melde mich", rufe ich noch und stürze zum Auto. Zwanzig Minuten später bin ich beim Kindergarten und werde dort von der Leiterin erwartet. „Jessica Müller", stelle ich mich vor, „was ist passiert?" „Keine Ahnung", erwidert sie, „Leon ist heute Morgen in den Gruppenraum gestürzt und hat sich in eine Ecke gesetzt. Beim Frühstück ist es dann eskaliert. Er hat sich auf seinen Stuhl gesetzt und fing plötzlich an bitterlich zu weinen. Er scheint Schmerzen zu haben, weigert sich aber, seiner Mutter Bescheid zu geben. Er hat ausdrücklich nach ihnen verlangt. Eigentlich darf ich das ja nicht, aber…" „Hier geht es nicht um Recht oder Unrecht, sondern um das Kind!", herrsche ich sie an und füge sofort ruhiger hinzu: „Entschuldigung, sie wollen sicher nur das Beste: Wo ist er?" „Ich bringe sie hin", ihr Lächeln wirkt nun etwas kühler. Als Leon mich sieht, kommt er mir entgegengelaufen und bricht kurz vor mir zusammen. Ich fange ihn gerade noch auf und schiebe dabei seinen Pullover nach oben. Ich muss mich zwingen, ruhig zu bleiben, als ich auf seinem Rücken einen offenen roten Striemen entdecke. Auch die Erzieher halten den Atem an. „Leon, Schatz, wer war das? Wer hat dir wehgetan?", frage ich und hoffe, dass er meine Befürchtungen nicht bestätigt. „Paul", stöhnt der Kleine, „und Vroni auch." Ich nehme ihn auf den Arm, vorsichtig darauf bedacht nicht an seine Wunde zu kommen und verlasse ohne Protest den Kindergarten. Die Erzieherin erklärt mir noch, wo ich Vroni finde, und ich mache mich auf den Weg zur Grundschule. Dabei telefoniere ich mit meinem Vater, um mich rechtlich abzusichern. Er wird sich mit dem Anwalt in Verbindung setzen. Leon schläft im Kindersitz und ich danke Gott, dass mein Auto heute früh nicht angesprungen ist und ich den Kombi nehmen musste, so renne ich kurz ins Sekretariat, wo man mir nach einigem Zögern Vroni aushändigt. Gut, dass William noch die Erlaubnis hat, sie abzuholen, und er mir ebenfalls eine Vollmacht ausgestellt hat. Auch Vroni ist kreidebleich und hält sich den Arm. Also packe ich sie ebenfalls ins Auto und fahre zum Trainingsgelände, um sie von Max, dem Mannschaftsarzt untersuchen zu lassen. Es gelingt mir, unbemerkt zu ihm vorzudringen, doch als Max Leons Rücken sieht, befiehlt er seiner Sprechstundenhilfe: „Hol Will!"

- W-

Ich sehe eine der Sprechstundenhilfen unseres Arztes auf mich zu stürzen. „Will", keucht sie, „ihre Freundin hat…" „Jessica", meine Stimme klingt schrill, „wo ist sie?" „Behandlungsraum", höre ich noch und stürze los. Unter dem Laufen fliegen die Handschuhe unkontrolliert davon. Als ich mein Ziel erreiche, sehe ich sie durch das Fenster stehen und bin einen Moment lang erleichtert. Aber Max lässt mich nicht grundlos aus dem Training holen. In dem Augenblick tritt Jess einen Schritt zur Seite und gibt den Blick auf einen kleinen verletzten Rücken frei. Oh mein Gott, das ist ja- „LEON!", rufe ich und renne noch schneller. Völlig außer Atem erreiche ich das Sprechzimmer. „Was, was ist passiert? Wer war das?", frage ich Jess. „Paul", antwortet eine dünne Stimme, „und das auch." Veronika tritt aus Jessys Schatten und hält mir ihren Arm hin. Auch hier zieht sich eine offene Wunde über ihren Unterarm. Maßlose Wut steigt in mir hoch, doch ich zwinge mich zur Ruhe. „Max?", mehr kann Jessica, die aussieht, als würde sie jeden Moment umfallen nicht sagen, aber mehr ist auch nicht nötig. „Das

müssen wir beides nähen. Ich schätze mal ein Gürtel";
analysiert er. Da Vronis Verletzung nicht so
schwerwiegend ist, legt er Leon in eine Kurznarkose und
näht dann ihren Arm. „Wir warten draußen", meint
Jessica danach und nimmt die Kleine an der linken Hand,
„Lust auf ein Eis?" Diese nickt tapfer und verlässt den
Raum. Während Max Leons Rücken näht, erzählt er mir
das, was er von meiner Partnerin vor meiner Ankunft
erfahren hat. Er schickt die Fotos an Rolf, den Jessica
klugerweise schon informiert hat. Als Max mich
eindringlich ansieht, runzle ich die Stirn. „Bleib ruhig, die
Kinder und Jessica brauchen dich. Lass den Kleinen
noch eine Stunde hier, dann könnt ihr ihn mitnehmen."
Ich mache mich auf die Suche nach den beiden anderen
und entdecke Jessica die, immer noch bleich wie die
Wand, auf der Bank sitzend Vroni beim Schaukeln
zusieht. „Bist du o.k.?", frage ich sie und sehe, wie sie
verzweifelt versucht, die Tränen zurückzuhalten. „Mmh",
flüstert sie und mit einem Blick auf Vroni fügt sie hinzu,
„Warum macht der so etwas?" „Keine Ahnung, aber das
werden wir herausfinden. Danke, dass du so schnell
reagiert hast." „Er hat mich, eine Fremde um Hilfe
gebeten", ihre Stimme ist nur noch ein Flüstern und sie
lehnt sich an mich. Gerade, als ich den Arm um sie legen
will, höre ich ein leises „Wo ist Leon? "Die Frage meiner
Tochter löst mich aus der Erstarrung. Während Jessica
sich die Tränen aus dem Gesicht wischt, antworte ich:
„Der schläft noch ein bisschen. Kannst du mir erzählen,
was passiert ist?" Die Kleine schluckt ebenfalls ein paar
Tränen hinunter, setzt sich dann zwischen uns und
beginnt zu erzählen: „Paul und Mama waren am Sonntag
schon wütend auf Leon, weil er immer nicht von euch
wegwill. Gestern mussten wir in unseren Zimmern
bleiben, bis Paul uns holt, aber Leon musste aufs Klo und
so sind wir ins Bad, wo uns Paul dann gefunden hat. Er
hat geschimpft, aber Leon hat gesagt, er muss aufs Klo.
Den Gürtel habe ich nicht gesehen, erst als er Leon

getroffen hat. Ich wollte ihn festhalten, da ist dann das passiert." Die ganze Verzweiflung spiegelt sich im Gesicht meiner Tochter, als sie ihren verbundenen Arm betrachtet. „Mama hat uns heute früh in die Schule und in den Kindergarten gebracht und ich habe Leon zugeflüstert wir würden dich oder Jessica anrufen. Du hilfst uns. Müssen wir dahin zurück, Daddy?" Bevor ich antworten kann, ergreift Jess das Wort: „Zu Paul? Das werden Daddy und ich verhindern." „Hat er euch schon öfters gehauen?", hake ich nach, „und warum habt ihr nichts gesagt?" „Mit der Hand ja", murmelt Vroni, „aber er hat gesagt, dass wir dann nicht mehr zu dir dürfen, weil du uns dann nicht mehr liebhast." Ich schließe die Arme fest um meine Tochter. „Nichts und niemand auf der Welt kann verhindern, dass ich euch liebhabe." In diesem Moment kommt Max mit Leon auf dem Arm auf uns zu. Ich halte den kleinen Krieger so fest es geht und gemeinsam machen wir uns auf den Heimweg. Im Rückspiegel sehe ich, wie die beiden Hand in Hand einschlafen, und so kann ich mich meiner Partnerin zuwenden. „Schatz ich weiß, ich verlange jetzt gleich eine Menge von dir, aber ich kann sie nicht zurückschicken. Ist es in Ordnung, wenn die zwei erst mal bei uns bleiben?", frage ich. Eigentlich gemein, da ich weiß, dass sie es niemals ablehnen würde. „Wir werden Hilfe brauchen", antwortet sie leise, „oder ich muss aufhören zu arbeiten:" Oh Gott, nur das nicht. „Ich rufe meine Mutter an, die hilft sicher aus, bis wir eine andere Lösung gefunden haben," murmle ich und wage nicht, in ihre Richtung zu sehen, da ich Angst habe, dass ihr Blick etwas anderes ausdrückt als ihre Worte.

- J-

So schnell wird man also Mutter denke ich kurz und schäme mich sofort dafür. Als wir in unsere Straße einbiegen stehen drei Autos vor unserer Einfahrt, wovon ich eines als das von Paul identifizieren kann. Das Zweite ist aus Nürnberg, aber nicht das Auto meines Vaters und das Dritte ist mir unbekannt. William bremst abrupt und greift zum Handy. „Ahmet? Will. Ich brauche deine Hilfe-Jetzt. Kannst du bitte auf meine Kinder aufpassen. Ich erklär es dir später", murmelt er. Ahmet und Sylvia sind sofort am Auto und nehmen die Kinder in Empfang. „Danke", flüstere ich noch und sehe, wie Williams Miene sich weiter verdunkelt. „Bereit zum Kampf?", presst er hervor. „NEIN! Aber gemeinsam schaffen wir das", verdammt, warum muss man meiner Stimme immer anmerken, dass ich nervös bin. William stellt das Auto in die Einfahrt und kaum sind wir ausgestiegen, stürmen Paul und Steffi aus uns zu, im Schlepptau einen jungen Mann. „Sie", brüllt sie in meine Richtung, „hat meine Kinder entführt. "Inzwischen hat sich auch der Fahrer des dritten Autos zu uns gesellt. „Gestalten Walter, ich vertrete Herrn Karl und Frau Müller," stellt er sich vor und drückt mir und Steffi je eine Visitenkarte in die Hand. „Johann Walter- Rechtsanwalt bei Müller &Partner", lese ich leise vor und William nickt. „Wir sollten das nicht hier draußen klären", meint er und der Tross macht sich auf den Weg. „Wo sind meine Kinder?", keift Steffi mich an. „In Sicherheit", antworte ich, so bestimmt es geht. Der junge Mann, Steffis Anwalt, scheint sich nicht sehr wohl in seiner Haut zu fühlen. Pauls Gleichgültigkeit spiegelt sich in seinem Gesicht wieder. Im Wohnzimmer ergreift unser Anwalt sofort das Wort. „Sie haben die Kinder von Schule und Kindergarten abgeholt?", fragt er in meine Richtung. „Ja, weil Leon mich um Hilfe gebeten hat. Aber ich habe eine Vollmacht meines Partners", meine Stimme fängt sich und ich fingere die Vollmacht aus meiner Handtasche. „Gut, also Kindesentführung ist es nicht. Warum hat Leon sie um Hilfe gebeten?" William fällt es sichtlich schwer, nicht auf Paul loszugehen, also lege ich die Hand auf seinen Arm und antworte schnell: „Ich habe ihnen unsere Nummern aufgeschrieben und ihnen angeboten, ihnen zu helfen, wenn sie Hilfe brauchen, und heute brauchten sie Hilfe." Herr Walter zieht Ausdrucke aus seiner Tasche und legt sie auf den Tisch. „Deswegen?" „Der Kerl verprügelt meine Kinder", William kann sich nun nicht mehr beherrschen, „und DU lässt das zu." Steffi zuckt bei den Fotos nur kurz zusammen, was beweist, dass sie die Verletzungen sehr wohl bemerkt haben muss. „Also, so wie ich und sicher auch mein Kollege das sehen, ist das ein Fall von Kindsmisshandlung und sollte angezeigt werden. Also auf alle Fälle werde ich ein Näherungsverbot erwirken", stellt unser Anwalt klar. Steffis Wut richtet sich nun wieder gegen mich: „Wieso mischt du dich eigentlich ein? Das sind meine Kinder. Werde doch einfach selbst Mutter." Ich sehe sie erschrocken an: „Sag mal, geht`s noch? Seit William und ich ein Paar sind, habe ich mehr Zeit mit deinen Kindern verbracht als mit ihm alleine. Aber ich habe es klaglos hingenommen. Und es geht nicht um dich oder mich. Es geht um zwei kleine Kinder, die Hilfe bei einer, ihnen Fremden suchen, weil ihre Mutter sie im Stich gelassen hat. Ich würde niemals zulassen, dass jemand Kinder schlägt, egal ob es meine Eigenen oder Fremde sind." Nun ist es an William, beruhigend den Arm, um mich zu legen. „Also, so wie ich das sehe, hast du zwei Möglichkeiten. Entweder du trennst dich von dem Schläger oder die Kinder bleiben bei uns", seine Stimme klingt kalt wie Eis und lässt mich frösteln. „Der Antrag auf alleiniges Sorgerecht liegt ja bereits vor." Mein weiser Vater hat an alles gedacht und kennt mich genau. Steffi holt übertrieben Luft, sieht Paul an und sagt dann, den für mich unverständlichen Satz: „Wenn du meinst, du hättest damit Erfolg-Aber die", damit meint sie wieder mich- „nimmt mir meine Kinder nicht weg. Mach ihr doch selbst eines." Der junge Anwalt zuckt zusammen und versucht nun erstmalig auf seine Mandantin einzuwirken. „Ihr Exmann hat Recht, sie haben keine Wahl", meint er; „entweder oder." Plötzlich blitzt ein Lächeln in ihrem

Gesicht auf: „Exmann? Wir sind noch verheiratet. Die Scheidung wurde nie eingereicht."

Kapitel 17- Alles anders

- W-

Verdammt, sie hat Recht. Ich habe das einfach
vergessen. Und allein ein kurzer Blick in Jessys Richtung
zeigt mir, dass diese Aussage nun endgültig getroffen
hat. „Das spielt keine Rolle", antwortet sie kaum hörbar,
„wir leben zusammen, nur das zählt." Vielleicht kann sie
Steffi damit zu täuschen, bei mir gelingt das nicht. Ich
mute ihr zu viel zu- öffentliches Leben, fremde Kinder und
nun noch verheiratet. Ich nehme kurz Blickkontakt mit
unserem Anwalt auf und dieser nickt.
„Scheidungspapiere", murmelt er und zieht ein weiteres
Formula aus der Tasche. „Also die Kinder bleiben bei
meinem Mandanten. Damit entfallen alle
Unterhaltspflichten. Erklären sie sich damit
einverstanden?" Er füllt das Formular aus und reicht Steffi
die Scheidungspapiere, die sie wortlos unterschreibt und
auch ich setze die Unterschrift darunter. Ebenfalls unter
das Aufenthaltsbestimmungsformular. Hier ziert sich
meine Exfrau etwas, aber nachdem ihr Paul etwas zu
zischt, unterschreibt sie auch diese. Wutentbrannt stapft
sie aus dem Haus. „Wie schätzen sie die Chancen ein,
dass die Kinder zu ihr zurückmüssen?", fragt Jessica
relativ leise. „Relativ gering. Aber sind sie sicher, dass sie
das hinbekommen?", will er wissen. „Mal sehen", meint
meine Partnerin und wirft einen kurzen Blick auf mich.
„Wir kriegen das schon hin", presse ich hervor, „Danke für
ihre Hilfe." Ich wäre jetzt liebend gern mit ihr allein, um
mit ihr zu reden, und sie in den Arm nehmen. Kaum

verlässt unser Anwalt das Haus, gehe ich sie auf sie zu. „Jessica", doch sie weicht zurück. „Wann wolltest du mir eigentlich erzählen, dass du noch verheiratet bist?", fragt sie, erstaunlich ruhig, „wenn ich irgendwann selbst Ansprüche gestellt hätte?" „Es tut mir leid, ich habe es einfach vergessen, meine Scheidung voran zu treiben. Du weißt, wie meine Wochen aussehen", das klingt nicht sehr überzeugend. Ich bin wohl unbewusst davon ausgegangen, dass sie, die sonst alles über mich weiß, das ebenfalls wusste. „Also die Noch Frau warmhalten und die neue Partnerin zieht die Kinder groß", nun ist sie nicht mehr ruhig. „War das der Plan?" „Schatz, ich liebe dich", flüstere ich, „und nun läuft die Scheidung doch. Und die Kinder…" „Die können nichts dafür, dass ihr Vater ein Feigling ist", platzt es aus ihr heraus, „mir geht es doch nicht darum, dass du noch verheiratet bist, sondern darum, dass du es mir nicht gesagt hast." „Hätte es etwas geändert?", frage ich. Sag jetzt bitte nicht ja. Jessica denkt kurz nach. „Ich glaube nicht, aber woher soll ich denn wissen, ob das alle Geheimnisse sind?" Ich wage es nun erneut, auf sie zuzugehen, und dieses Mal weicht sie nicht zurück. In ihren graublauen Augen stehen Tränen. „Warum hast du die Papiere erst jetzt unterschrieben? Nach drei Jahren?" „Ich weiß es nicht", muss ich zugeben, „aber jetzt ist es mir wichtig." Ich schließe meine Arme um sie und ziehe sich sanft an mich. „Nun müssen wir die Betreuung der Kinder organisieren", flüstert sie an meiner Brust. „Gleich", murmle ich zurück, amüsiert über den Themenwechsel, küsse sie leidenschaftlich und schiebe die Hand unter ihr Shirt. Da ich immer noch in den Trainingsklamotten stecke, ziehe ich sie unter die Dusche und beweise ihr, wie wichtig sie mir ist. Sie steigt sofort darauf ein und erst knapp zwei Stunden später gehen wir Hand in Hand zu Ahmet und Sylvia, um unsere Familie zu komplettieren.

Die Spielerfrau

- J-

Während wir Hand in Hand die Straße entlang schlendern, denke ich über die vergangenen Stunden nach. Schaffe ich es wirklich, den beiden eine gute Mutter zu sein? Ohne mein Leben aufzugeben? Was ist, wenn die Beziehung zwischen mir und William schiefgeht? Als wir Ahmets Haus betreten, sehen wir in vier fragende Gesichter. Ich nicke den Kindern zu, während William Ahmet einweiht. Vroni kommt mir auch gleich entgegengeflogen. „Wir müssen da nicht mehr hin? Ehrlich?" „Er wird euch nie wieder etwas tun können", verspreche ich und hoffe gleichzeitig, dass ich das Versprechen auch halten kann, „Und Oma kommt morgen auch." „Wow", meint Ahmet, als Vroni zu den Kindern zurückkehrt, „da habt ihr eine Menge vor euch." William nickt: „Als erstes brauchen wir ein Au Pair, damit Jessica weiterarbeiten kann. Und ich muss morgen mit dir ins Training fahren, mein Auto steht noch am Platz. Ach ja, die Scheidung läuft jetzt auch." „Wird aber auch Zeit", grinst Sylvia in meine Richtung. „Ihr habt gewusst, dass er noch verheiratet ist?", murmle ich, „ich bin wohl die einzige, die es so nebenbei erfahren hat." Williams Kiefernmuskel zuckt, ein Zeichen, dass er sich nicht wohlfühlt, aber ich will die Entrüstung nicht abschwächen. Irgendwie nagt es doch stärker an mir, als ich zugeben will. Doch da unsere Beziehung mit dem heutigen Tag zur Familie aufgerückt ist, schiebe ich meine Zweifel zur Seite. Wir kehren nach Hause zurück, wo die Kinder relativ zeitig in ihre Betten verschwinden. Die Türen der Zimmer bleiben offen und das Licht im Gang brennt. William und ich sitzen im Wohnzimmer und planen den nächsten Tag. „Wir können Leon morgen kaum in den Kindergarten schicken, aber meine Mutter kommt erst mittags und wir haben Training." „Kein Problem, wir sollten beide ein paar Tage zuhause lassen. Außerdem müssen wir uns überlegen, wo sie denn nun weiter in Kindergarten und Schule gehen werden. Ich melde mich für morgen krank." Da ich meiner Chefin ja bereits gesagt habe, ich würde sie informieren, wähle ich ihre Privatnummer und kläre das sofort. Sie hat selbst, wenn auch schon größere Kinder und befreit mich sofort. Auch ein Wechsel von Vroni zu uns an die Schule wäre möglich. „Ich kläre das mit William und sage dir übermorgen Bescheid", bedanke ich mich und wende mich meinem Partner zu. „Also die Schule wäre geklärt oder willst du sie hier einschulen?" William zuckt die Schultern: „Ich weiß es nicht. Könntest du dir die Schule und den Kindergarten ansehen- bitte, du weißt besser Bescheid in diesen Dingen." Er nimmt mich in den Arm und flüstert: „In drei Monaten von einer öffentlichen Liebe zur Familie. Ich hoffe, ich mute dir nicht zu viel zu." Ich schlinge meine Arme ebenfalls um ihn und versuche ein Lächeln: „Das hat man nun davon, wenn man sich mit einem verheirateten Mann einlässt. Aber ernsthaft- ich weiß nicht, ob ich das alles schaffen werde, aber ich werde es versuchen. Ich liebe dich und ich mag die Kinder sehr gerne. Also, was soll schon schiefgehen?" Arm in Arm verschwinden wir in unser Schlafzimmer, wo ich in einen traumlosen Schlaf falle. Am nächsten Morgen sitze ich zur gewohnten Zeit in der Küche und trinke meinen Morgenkaffee, als ich als Tippeln nackter Füße höre. Vroni kommt verschlafen, aber nahezu vollständig angezogen in die Küche. „Guten Morgen", begrüße ich sie, „was machst du denn schon auf?" „In die Schule gehen?", entgegnet sie. „Komm setz dich", fordere ich sie auf, „wir zwei gehen heute nicht in die Schule. Max will sich deinen Arm und Leons Rücken noch einmal ansehen. Und wir holen Oma vom Flughafen ab. Tut es noch weh?" Die Kleine kaut kurz an der Lippe und denkt nach: „Beißt." „Dann heilt es", lächle ich, „sag mal, was hältst du davon, wenn wir Frühstück machen?" Mit Feuereifer stürzt sie sich in die Arbeit und stellt Wurst, Käse, Nutella und Butter auf den Tisch. Als sie vier Teller auf einmal nehmen will, bin ich kurz davor sie ihr wegzunehmen, lasse sie dann aber doch machen. Ich koche Kaffee, Kaba und presse Orangensaft. Als wir fertig sind, bleibt nur noch eine Aufgabe. „Männer wecken", ruft Vroni und stürzt sich auf ihren Vater, während ich Leon wecke. Als dieser das Gekicher aus dem Schlafzimmer hört, stürzt er sofort hinzu und im Nu ist eine Kissenschlacht im Gange. „Frühstück ist fertig", rufe ich und bekomme dafür ein Kissen an den Kopf. Ich werfe es William zu und wende mich zum Gehen. „Genug", japst William, „Ihr habt Jessica gehört." „Ich habe geholfen", meint Vroni stolz und die drei folgen mir in die Küche. Leon stürzt sich auf die Nutellabrote und verzehrt sie mit gesundem Appetit. Er scheint die Vorfälle gestern gut verdaut zu haben. Und auch ich schaffe es, ½ Scheibe Toast zu essen, was William wohlwollend zur Kenntnis nimmt. Ich weiß, wie sehr William mein Nichtfrühstücken hasst, aber ich konnte bereits als Kind so früh nichts essen. Erst zur Pause und so ist es geblieben. Eigentlich könnten wir ewig so sitzen, aber der Herr des Hauses muss zum Training und so ist es relativ schnell vorbei mit der Ruhe. Kurz darauf sind die Kinder und ich auf dem Weg zum Flughafen. Es widerstrebt mir immer noch, seine Mutter um Hilfe zu bitten. Es gibt doch so viele berufstätige Mütter, die das ohne Hilfe hinbekommen, warum ich nicht? Ich bekämpfe meine Zweifel und betrete das Terminal. Es dauert nicht lange und eine strahlende Mona kommt auf uns zu. Das strahlende Lächeln nimmt mir die letzten Zweifel. Sie schließt die Kinder in die Arme und flüstert mir zu: „Danke." „Wozu? Wir danken dir, dass du uns hilfst," grinse ich zurück. Die Fahrt zurück ist geprägt von Kindergeplapper, so dass wir Frauen nicht zum Reden kommen. Ich biege ins Trainingsgelände ein und bringe die Kinder zu Max.

Kapitel 18- Ängste

- W-

Aus den Augenwinkeln sehe ich meine Familie in Max Praxis verschwinden. Meine Mutter bleibt am Zaun stehen und sieht mir zu, wie ich versuche, professionell zu bleiben. Das gelingt mir aber erst, als Jessica und die Kinder zehn Minuten später wieder herauskommen. Leon hüpft herum wie ein Gummiball, was für mich ein Zeichen ist, dass er keine Schmerzen hat. Jessica geht vor ihm in die Hocke und spricht auf ihn ein. Der Kleine schlingt die Arme um sie und scheint darüber konzentriert nachzudenken. Kurz darauf verschwinden die Kinder in den Spielbereich und die beiden Frauen, die ich über alles liebe bleiben am Zaun stehen. „Zehn Minuten Pause", höre ich den Torwarttrainer und schon schleudere ich die Handschuhe von mir. Ich umarme meine Mutter, küsse Jess kurz und erkundige mich dann nach den Verletzungen der Kinder. „Es beißt", lächelt meine Partnerin, „sehen aber sonst gut aus. Bei Vroni können die Fäden in ein paar Tagen gezogen werden. Die Narbe wird man kaum sehen. Leon hat weniger Glück gehabt. Die Narbe ist zu breit, um für immer zu verschwinden." Armer kleiner Kämpfer. Das wird Paul hoffentlich büßen. Während ich zurück zum Training gehe, fährt meine Familie nach Hause. Ich folge ihnen 2 ½ Stunden später und lächle beim Betreten des Hauses über das beginnende Kinderchaos. Meine Mutter wurstelt in der Küche und die Kinder toben im Garten. Ich lächle meiner Mutter zu und bekomme ein strahlendes Lächeln zurück. „Hallo Will, Essen ist in einer halben Stunde fertig. Bis dahin ist Jessica sicher auch zurück. Ist anscheinend nicht so einfach unter dem laufenden Schuljahr die Schule zu wechseln." Ach ja, die Schule. Wenn die zwei hier in Schule und Kindergarten gehen, wird es einfacher. Kurz darauf kommt meine Partnerin zurück. „Die Schule war nicht gerade begeistert, noch ein Promikind zu bekommen, aber in der zweiten Klasse sind ein paar Kinder deiner Kollegen, so dass die Lehrkraft den Umgang schon gewohnt ist. Und Vroni kennt auch schon ein paar Kinder. Nächste Woche geht es los. Und Leon kommt auch in eine Gruppe mit Fußballkids. Auch ab Montag." „Super", stürmisch nehme ich sie in den Arm, „dann müssen wir sie nur noch abmelden." „Schon geschehen, durch den Umzug kein Problem", grinst Jessica an meiner Brust. Beim Abendessen erzählen wir den Kindern von den anstehenden Wechseln und den neuen Freunden. Beide scheinen sich darauf zu freuen. Auch das Thema Au-Pair ist schnell gelöst. Als meine Mum und ich endlich Zeit für ein Gespräch haben, fällt es mir schwer, meine Gefühle zu offenbaren. Ich bin es nicht gewöhnt, andere um Hilfe zu bitten und Situationen nicht alleine zu lösen. „Danke, dass du uns hilfst", kommt es unbeholfen von mir. Meine Mutter lächelt wissend: „Sei froh, dass du Jessica an deiner Seite hast. Nicht jede würde ihr Leben aufgeben um „fremde" Kinder aufzuziehen." „Ja, ich weiß", nicke ich, aber…"Jessica, die gerade aus der Küche zurückkommt, erspart mir die Antwort. Mum beugt sich zu mir und flüstert: „Pass auf deine Beziehung auf." Damit trifft sie genau meine Ängste. Mute ich Jessica zu viel zu? Was passiert, wenn die Beziehung scheitert? Und was passiert dann mit den Kindern?

-J-

Nach einer nahezu schlaflosen Nacht bin ich am Morgen wie gerädert, als ich mich auf den Weg zur Schule mache. Williams Ängste sind meinen sehr ähnlich. Wir haben lange darüber gesprochen und beschlossen, uns einen Abend für uns freizuhalten, um unserer noch relativ neuen Beziehung ein stabiles Fundament zu geben. In Gedanken versunken, mache ich mich auf den Weg ins Lehrerzimmer. „Schön, dass du wieder da bist", klingt es mir schroff entgegen. Ich schrecke aus meinen Gedanken und sehe Rick an. „Dir auch einen guten Morgen", erwidere ich nur, da ich keine Lust auf Auseinandersetzungen habe, „habe ich was verpasst." Bevor Rick antworten kann, füllt sich der Raum und unsere Chefin tritt auf mich zu. „Alles in Ordnung?", fragt sie, „wenn du Hilfe brauchst, sagst du es mir, Ja?" Ich sehe sie dankbar an: „Im Moment hilft uns seine Mutter und ab nächster Woche gehen sie zur Schule und in den Kindergarten. Wir sind auf der Suche nach einem Au Pair, damit ihr nicht darunter leiden müsst. Danke für dein Entgegenkommen. Ich bin sicher, ich komme darauf zurück." Meine Schulkinder sind begeistert, mich wieder zu sehen, wollen aber wissen, was denn passiert sei. „Ein böser Mann hat meinen Kindern", wie leicht das von den Lippen geht, „weh getan und wir mussten dafür sorgen, dass er das nicht mehr tun kann." In der Pause kämpfe ich, mein Frühstück zu bewältigen, und merke, wie mir von dem Geruch der Salami übel wird. Was soll das denn? Die restlichen vier Schulstunden schaffe ich mühsam. Na toll, nun auch noch ein Magen-Darm-Virus, als wäre der Stress nicht schon groß genug. Als ich das Schulgebäude verlasse, tönt mir ein lautes „Jessica" entgegen und kurz darauf umschlingen mich zwei Kinderarme. Ich schwenke den kleinen Mann durch die Luft, während ich einen erneuten Übelkeitsanflug bekämpfe. „Was macht ihr denn hier?", frage ich und versuche, mein Unwohlsein zu verbergen. „Dich abholen", grinsen die drei. „Da freue ich mich aber", entgegne ich, setze Leon ab und lehne mich kurz an meinen Partner. Einfühlsam wie er ist, merkt er natürlich, dass etwas nicht in Ordnung ist. „Ich glaube, Jessica ist müde und Oma wartet mit dem Essen auf uns", bestimmt er und packt die Kinder in die Kindersitze. Dankbar rutsche ich auf den Beifahrersitz und atme die Übelkeit weg. Zuhause bringt William nach oben und zwingt mich, mich hinzulegen. „Und besser?", fragt er und ich versuche zu nicken. Doch diese kleine Bewegung genügt, und ich stürze ins Bad, wo ich mein kärgliches Frühstück von mir gebe. Erschöpft sinke ich auf den Badewannenrand und bemerke seinen ratlosen Blick. „Alles o.k.", versuche ich ihn zu beruhigen, „wahrscheinlich nur ein Magen- Darm-Virus." „Ja, wahrscheinlich", er klingt nicht überzeugt, nimmt mich auf den Arm und trägt mich zurück ins Bett, wo er mich sanft ablegt. Ich kuschle mich unter die Decke und schlafe sofort ein. Als ich die Augen wieder öffne, sind nahezu zwei Stunden vergangen. Die Übelkeit ist verschwunden und ein seltsames flaues Gefühl breitet sich aus. Also schäle ich mich aus dem Bett und steige langsam die Treppe hinunter. Mona erwartet mich in der Küche und stellt mir einen Teller Suppe vor die Nase. Vorsichtig koste ich und merke, wie mein Magen sich beruhigt. Ohne ein Wort zu sagen, schiebt meine Schwiegermutter mir ein Päckchen über den Tisch.

„Schwangerschaftstest? Meinst du, dass ich…", frage ich. Mona lächelt mich an: „Möglich wäre es doch. Und es würde die Übelkeit erklären. Aber jetzt iss erst einmal." Gedankenverloren löffle ich meine Suppe. Schwanger? Ich? Das Timing wäre völlig unpassend. „Hast du W…?", will ich von Mona wissen. Sie schüttelt den Kopf. „Noch nicht. Ich wollte erst mit dir reden. Soll ich mitkommen?" Ich muss zugeben, die Situation überfordert mich, so dass ich froh bin über ihre Unterstützung. Also verschwinden wir im Bad, wo wir kurz darauf auf dem Badewannenrand sitzend auf das Ergebnis warten. Meine

Schwiegermutter legt beruhigend den Arm um die Schultern. Als der Timer abläuft, wage ich es kaum, hinzusehen. Langsam öffne ich die Augen und starre auf das Display. Ich rutsche vom Badewannenrand und stoße einen kurzen Schrei aus. Dieser lockt William und die Kinder an. Mona schnappt sich die Zwerge, während er verdutzt vor mir in die Knie geht. „Was…", stößt er atemlos hervor und ich halte ihm wortlos den Test hin. William atmet tief ein und nimmt mich vorsichtig in die Arme. „Schwanger? Wow, das ist ja…" „Völlig unpassend, ich weiß", presse ich hervor. „Ja schon, aber ich freue mich darüber", er zieht mich fester an sich, „Du doch auch, oder nicht?" „Ich weiß es nicht", presse ich hervor, „jetzt auch noch schwanger, das wird mir gerade alles zu viel." William rückt etwas von mir ab, aber nur so weit, dass er mich nicht loslassen muss, und sieht mich schweigend an.

- W-

Wow, ich werde erneut Vater. Gut, der Zeitpunkt ist nicht ideal, aber ich freue mich. Meine Partnerin scheint jedoch geschockt darüber zu sein. Ich halte sie fest, unfähig meine Gefühle auszudrücken oder ihr die Angst zu nehmen. Als sie sich aus meinen Armen windet, lasse ich sie los. Jessica verschwindet aus dem Bad und verschwindet in ihrem Arbeitszimmer, wo sie mich durch das Sperren der Tür ausschließt. Ich gehe langsam nach unten, wo mich drei fragende Augenpaare erwarten. Ich schüttle den Kopf, packe mir meine Laufschuhe und renne los. Doch dieses Mal gelingt es mir nicht, mich abzulenken. Meine Gedanken kreisen um meine kleine Familie, meine Partnerin, der ich meine Kinder aufs Auge gedrückt habe und die sich nun nicht auf ihr/unser Kind freut. Und in all die Gedanken mischt sich die Angst, dass mir das alles um die Ohren fliegt.

Die Spielerfrau

Kapitel 19- Zweifel

- J-

Ich fühle mich wie ein Teenager, der etwas Verbotenes getan hat. So sitze ich nun allein in meinem Arbeitszimmer und versuche mein Gefühlschaos zu ordnen. Williams Blick, als ich nicht in Begeisterung ausgebrochen bin, verfolgt mich und ist nicht gerade hilfreich. Instinktiv wandert die Hand auf meinen Bauch und plötzlich breitet sich ein seltsames Gefühl aus. In mir wächst ein kleines Wesen, ein Teil von William und mir. In ein paar Monaten sind wir also zu fünft. Nachdem ich mir nun sicher bin, dass dieses kleine Wesen willkommen ist, mache ich mich auf den Weg nach unten. Doch von meinem Partner ist weit und breit nichts zu sehen. Also sehe ich den Kindern beim Toben zu. Mona drückt mir ein Glas Wasser in die Hand und ich lächle etwas gequält. „Wo ist er?" „Laufen,das macht er immer, wenn…"Ich nicke und frage seltsam eingeschüchtert: „Meinst du, ich bekomme das hin? Ich meine den Großen eine gute Ersatzmutter zu sein, das Baby zur Welt zu bringen und meine Beziehung zu William zu stärken:" Meine Ängste auszusprechen tut gut. Mona nimmt mich kurz in den Arm: „Du schaffst 28 fremde Kinder, warum dann nicht drei Eigene?" Bevor ich antworten kann, biegt William um die Ecke. Er sieht aus, als würde er mit sich selbst ringen. Als er im Haus verschwindet, folge ich ihm langsam. Ich warte auf unserem Bett auf ihn. Er mustert mich kurz und sein zuckender Kiefernmuskel, vermittelt mir den

Die Spielerfrau

Eindruck, dass er wütend auf mich ist. Zehn Minuten später erscheint er, nur mit einem Badetuch bekleidet und mir bleibt bei seinem Anblick die Luft weg. „William Ich", beginne ich, doch er schneidet mir das Wort ab. „Du musst dich nicht rechtfertigen. Ich weiß, dass du dich nicht über das Kind freust, wir hätten wahrscheinlich mehr Zeit gebraucht, aber jetzt ist es nun einmal passiert. Wenn es dir darum geht, dass du weiterarbeiten willst, dann bekommen wir das sicher hin. Und wenn du das Kind wirklich nicht willst, dann muss ich wohl damit leben." Weiterarbeiten? Abtreibung? Er hat meine Verzweiflung völlig falsch gedeutet. „Darum geht es doch gar nicht. Ich… Ich habe einfach Angst, dass mir das alles über den Kopf wächst. Beruf, die zwei Großen, einen Säugling, deine Karriere und unsere Beziehung. Ich weiß, dass ich nicht arbeiten muss, aber was passiert, wenn irgendetwas schiefläuft. Wenn du beschließt, mich auszutauschen." „Was? Niemals", unterbricht er mich erneut, „du bist das Beste, was mir jemals passiert ist. Und die Kinder lieben dich. So wie ich. Gemeinsam schaffen wir das schon. Vertrau mir. Willst du das Kind denn wirklich nicht?" „Was? Doch natürlich", entrüstet sehe ich meinen Partner an, „ich war nur etwas erschrocken über den Zeitpunkt." „Dann- oh Gott ich hatte schon Angst, dass du mich verlässt", er klingt richtig verzweifelt. Ich ziehe ihn zu mir auf das Bett. „Da musst du schon stärkere Geschütze auffahren." Er verschließt meinen Mund mit einem innigen Kuss. Kurz darauf sind wir zu fünft auf dem Weg zu Max, der zuerst die Kinder und dann mich untersucht. Er bestätigt die Schwangerschaft und überweist mich zu einem Kollegen auf der anderen Straßenseite. Mona bleibt mit den Kindern auf dem Spielplatz und William begleitet mich, nachdem er dem Trainer Bescheid gesagt hat. Dort bekommen wir unser kleines Wunder das erste Mal zu sehen.

- W-

In den nächsten Wochen spielt sich unser Familienle-ben gut ein. Jessicas Schwangerschaft verläuft problem-los und die Kinder haben sich in ihrer neuen Umgebung gut eingelebt. Und durch unser Au-pair Raphaela gelingt der Spagat zwischen Beruf und Familie hervorragend. Die Saison verläuft sehr erfolgreich und doch ertappe ich mich manchmal bei dem Gedanken, meine Karriere zu beenden. Wenn mein Vertrag endet, bin ich 33 Jahre alt. Mal sehen, ob die Gesundheit und die Familie dann eine Verlängerung noch zulassen. Stephanie hat dem Aufent-haltsbestimmungsrecht schließlich zugestimmt, so dass die Zwerge bei uns bleiben dürfen. Sie hegen keinerlei Verlangen, ihre Mutter zu sehen, so dass kein Treffen zustande kommt. Unser Anwalt meint, durch die dreijähri-ge räumliche Trennung wird auch die Scheidung schnell durch sein. Dann wäre ich endlich frei. Heute Abend steht die Verleihung des bayerischen Sportpreises, bei dem unsere Mannschaft nominiert ist, an. Jessica hat sich nach längerem Sträuben dafür ein Kleid einer bekannten Designerin gekauft. Sie hat immer noch Schwierigkeiten, mein Geld auszugeben, was ich richtig süß finde. Dank des Abendtermins fällt das Training kürzer aus, so dass ich schon vor ihr Zuhause bin. Ich tobe mit den Kindern durch den Garten, als ich ihr Auto höre. Vroni läuft ihr sofort entgegen und nimmt ihr die Tasche ab. Leon und ich folgen langsamer. Das Strahlen meiner Familie lässt mein Herz hüpfen. Nach dem Abendessen verschwindet Jessica im Bad, während ich meinen schwarzen Anzug heraushole. Die Tür öffnet sich und Jess tritt in einem dunkelblauen Traum heraus. Der asymmetrische Ärmel-ausschnitt und die gekonnte Raffung am Bauch vertu-schen ihren Babybauch beinahe. Was mich aber um den Verstand bringt, ist der hohe Beinausschnitt. Sie lächelt und steckt mir ein gleichfarbiges Einstecktuch in mein Jackett. „Wow", flüstere ich, „du siehst traumhaft aus." „Danke, ich bin ziemlich nervös. Mein erster roter Teppich", antwortet sie schüchtern. „Ich bin bei dir", versuche ich, sie zu beruhigen. Hand in Hand schlendern wir die Treppe hinunter, wo die Kinder und Raphaela uns erwarten. „Wow, Jessica bist du hübsch", schließt sich mein Sohn meiner Meinung an. „Finde ich auch", pflichte ich ihm bei und wir machen uns auf den Weg. Sylvia und Ahmet teilen sich mit uns ein Taxi. Sylvia trägt dieselbe Designerin aber in Grün und auf ihren neunten Monat zugeschnitten. Die beiden Frauen haben einen guten Geschmack bewiesen. An der Staatskanzlei angekommen, machen wir uns auf den Weg über den roten Teppich und Jess meistert diesen souverän. Auf der Aftershowparty stehen Ahmet und ich gerade ins Gespräch mit einem Reporter vertieft, während unsere Frauen etwas abseits sitzen, als sich jemand an meinen Arm hängt. „Glückwunsch zur Auszeichnung"; säuselt diese und ich erstarre. „Was willst du hier?", murmle ich und ziehe sie von den Reportern weg. Pamela sieht mich hinterlistig an. „Das hat schon einmal geklappt, dass du deine Partnerin schwanger verlässt und auch dieses Mal wird es mir gelingen." Ich weiche einen weiteren Schritt zurück. „Lass mich in Ruhe", meine Stimme klingt drohend, „ich will mit dir nichts mehr zu tun haben. Ich liebe Jessica und ich werde meine Familie nicht noch einmal aufgeben." „Abwarten", kommt es zurück, bevor sie sich umdreht und in der Menge verschwindet. „Was war das denn?", fragt Ahmet und drückt mir ein Glas Wein in die Hand. „Keine Ahnung", gebe ich zurück und suche Jessicas Blick in der Menge.

- J-

Als Pamela auf William zukommt, bleibt mir die Luft weg. Was will die denn hier? William verschwindet aus meinem Blickfeld. Mir wird schlecht und ich begebe mich an die frische Luft. An die Brüstung gelehnt, atme ich die Übelkeit weg. „Am besten, sie gehen freiwillig", höre ich Pamelas Stimme, „er verlässt sie sowieso irgendwann. Er wird schon merken, dass eine gewöhnliche Grundschullehrerin nicht sein Niveau ist." „Aber ein oberflächliches Modell?", frage ich mit fester Stimme, „ziehen sie dann seine drei Kinder groß?" Ich sehe den Angriff nicht kommen, sondern spüre den Stoß erst, als ich mit der Seite gegen die Brüstung pralle. Ich stoße einen lauten Schrei aus und merke, wie meine Beine nachgeben. Martin, der zufällig in meiner Nähe steht, kann mich gerade noch auffangen. „Hol Will!", ruft er einem Kollegen zu, bevor mir schwarz vor den Augen wird.

- W-

Ich sehe zwei junge Kollegen auf mich zukommen und ahne, dass etwas passiert sein muss. Toby flüstert mir etwas ins Ohr und folge ihm wie in Trance. Als wir bei Martin und Jessica ankommen, sitzt diese kreidebleich auf der Stufe. Ich sehe, wie Mike Pamela festhält und bekomme nun richtig Angst. „Was?", presse ich hervor, Jessys Lächeln ist sehr zaghaft. „Alles in Ordnung", versucht sie mich zu beruhigen. Ich sehe Martin an. „Pamela hat sie gestoßen und sie ist mit der Seite an die Brüstung geknallt. Der Sani kommt gleich." Max kommt auf uns zugelaufen und kümmert sich um meine Partnerin. Mike drückt Pamela dem Wachdienst in die Arme. Ich trete auf sie zu: „Wenn Jessy oder dem Baby etwas passiert ist, dann Gnade dir Gott! Schafft sie weg." Ich kehre zurück und nehme meine Freundin in den Arm. „Du solltest wirklich ins Krankenhaus fahren", versucht

Max sie zu überzeugen, „nur zur Sicherheit." Ich nicke müde und geleite sie mit ihm zum Rettungswagen. Max fährt als Arzt mit. In der Klinik wird eine Rippenprellung festgestellt, dem Kind geht es gut. Jessy weigert sich, über Nacht in der Klinik zu bleiben. Also erklärt sich Max bereit, die Nacht bei uns zu bleiben. Ich bringe sie ins Bett und diskutiere dann mit Max über das weitere Vorgehen. Am nächsten Morgen rufe ich in der Schule an und melde sich krank. Erstaunlicherweise kommt von ihr kein Widerspruch. Das Strahlen von gestern ist aus ihrem Gesicht verschwunden. Sie will nicht über Pamela oder den Angriff reden. Ihre Rippen färben sich langsam blau und das Atmen fällt ihr schwer, aber sie schickt mich ins Training. Sylvia erklärt sich bereit, bei ihr zu bleiben, so dass ich einigermaßen beruhigt fahren kann.

-J-

Puh, gerade noch einmal gutgegangen. Meinem Kind geht es gut. Aber Pamela hat es geschafft, Zweifel zu säen. Kann es sein, dass sich die Geschichte wiederholt? Dass er mich verlässt? Bin ich ihm nicht mondän genug? Oder zu selbstständig? Oder, oder, oder… Sylvia scheint meine Gedanken zu erahnen: „Das darfst du nicht denken. Er liebt dich. Du wirst ihn nicht verlieren. Ich kenne Will, er hat noch nie so viele Gefühle zugelassen, wie bei dir." Ich versuche zu lächeln: „Ich weiß, aber es geht alles viel zu schnell. Die letzten sieben Monate waren wie ein ICE. Nach fünf Wochen eine Beziehung, drei Monate später eine Familie und dann meine Schwangerschaft. Wir hatten doch keine Zeit, uns richtig kennen zu lernen. Als Paar meine ich." Sylvia nickt: „Aber euch verbindet eine ganz spezielle Art von Liebe. Ihr schafft das schon. Wir waren zwar nicht so schnell, aber auch wir waren bald zu dritt. Das ist nicht immer leicht, aber man wächst mit seinen Aufgaben." Sie versucht ein Lächeln, was aber misslingt, da sie plötzlich vor Schmerz aufstöhnt. „Oh nein, nicht jetzt", presst sie hervor. „Geht´s los?", ist das Einzige, was ich herausbringe und ich verfluche meine eigene Schwangerschaft und meine geprellten Rippen. Ich kann so nur den Notarzt rufen und schicke Raphaela die Straße hinunter, um die Kliniktasche zu holen. Währenddessen rufe ich Max an, damit dieser Ahmet Bescheid geben kann. Kurz darauf sind wir auf dem Weg ins Krankenhaus.

Kapitel 20- Überfordere ich sie?

- W-

Wieder einmal sehe ich eine der Sprechstundenhilfen von Max auf uns zu rennen und mir wird flau im Magen. Doch sie steuert nicht mich, sondern Ahmet an, der sofort hektisch wird. Ich mache Pause und trete zu meinem Freund. „Das Kind kommt", stößt er atemlos hervor, „Sylvia und Jessy sind auf dem Weg ins Krankenhaus." „Warte kurz, ich fahre dich. Sag nur kurz Bescheid", antworte ich und laufe in Richtung Trainer. Dabei streife ich die Handschuhe ab, ein Zeichen dafür, dass das Training für mich beendet ist. Nach einem kurzen Gespräch mit dem Trainer schleudere ich meine Fußballschuhe in die Tasche und streife die Turnschuhe über. Ahmet wartet bereits auf mich. „Alles o.k., die Trainer wissen Bescheid", versuche ich ihn zu beruhigen, „Sylvia ist in guten Händen. Und wir sind in zehn Minuten da." Gemeinsam stürzen wir in die Klinik, wo wir in unseren verdreckten Trainingsklamotten ziemlich auffallen und stehen schnell vor dem Kreißsaal. Jessica sitzt blass vor der Tür und lächelt Ahmet an. „Dauert noch etwas. Sie wartet auf dich", presst sie hervor. Ahmet öffnet die Tür und wir hören ein schmerzvolles „Na endlich". Ich setze mich neben meine Frau und lege den Arm um sie. „Alles in Ordnung?" Sie nickt und legt die Hand auf ihren Bauch: „Durch meine Schwangerschaft mussten wir den Krankenwagen rufen. Ich hätte sie allein nicht hierhergebracht. Und diese blöden Rippen…"Meine

Jessica- woher kommen nur diese Zweifel, nicht richtig zu handeln? Ich runzle die Stirn. Seit dem Angriff gestern scheint sie irgendetwas zu beschäftigen. Nur was? Sie sieht mich kurz an und fängt dann ganz leise an zu reden. Ich muss mich konzentrieren, um sie zu verstehen. „Ich habe das Gefühl, mein Leben überholt mich gerade und ich weiß nicht, ob ich das will." „Jess", setze ich an, doch sie bedeutet mir zu schweigen. „Innerhalb der letzten 7 Monate hat sich mein Leben komplett verändert. Ich gehe auf Preisverleihungen, die mich früher nie interessiert haben, bin bald dreifache Mutter und--- Pamela hat gesagt, wenn sie will, schafft sie es, dich zurück zu bekommen, weil du bald genug von einer stinknormalen Grundschullehrerin hast." Was? Dieses Biest! „Sie hat es schon einmal geschafft, dich von deiner schwangeren Frau zu trennen, sie schafft es sicher noch einmal." Im Laufe ihres Monologes ist sie noch leiser geworden. Und wieder einmal holt mich meine Vergangenheit als Womanizer ein. Klar, dass meine jetzige Partnerin auf solche Gedanken kommen muss. Ich verstärke meine Umarmung etwas und küsse sie auf den Haaransatz. „Liebling, du solltest nicht auf Pamela hören. Die Geschichte wird sich nicht wiederholen. Niemand bringt mich dazu, dich und unsere Familie zu verlassen. Den Fehler mach ich nicht noch einmal. Ich liebe dich und unsere Kinder. Ich wünschte, ich könnte dir deine Ängste und Zweifel nehmen. Und dir zeigen, dass ich erwachsen geworden bin. Was kann ich tun, um es dir zu beweisen?" Ein zaghaftes Lächeln beweist mir, dass sie mir glaubt, doch ganz überzeugt scheint sie nicht. Doch bevor ich die letzten Zweifel ausräumen kann, öffnet sich die Kreißsaaltür. Und Ahmet kommt grinsend heraus: „Es ist ein Junge", stößt er hervor, „und es geht beiden gut."

- J-

Die Spielerfrau

Als wir kurz darauf ebenfalls zu Sylvia gelassen werden, hält William meine Hand so fest, dass mich ein kurzer Schmerz durchfährt. Torwarthände eben. Ich habe durchaus bemerkt, dass meine Zweifel an seiner Liebe ihn tief getroffen haben. Es ist eigentlich nicht fair von mir, da er mir oft genug beweist, wie sehr er mich liebt. Aber auch ich habe mich gegen meinen Willen in Richtung Spielerfrau entwickelt. War es mir am Anfang peinlich, auf sein Geld zuzugreifen, denke ich heute kaum mehr darüber nach. Auch wenn ich mich ihm gegenüber noch etwas sträube. Das Kleid zur Verleihung hätte ich mir niemals leisten können. Vor allem, weil ich es nur einmal tragen konnte, außer ich lasse es umarbeiten, was William nie zulassen würde. Zuhause erwarten uns unsere Kinder und Selina schon gespannt und entgegen Sylvias Befürchtung, Selina könnte eifersüchtig reagieren, freut sich diese diebisch auf ihren kleinen Bruder. Das Verhältnis zu ihrer Stiefmutter hat sich merklich gebessert. Raphaela erklärt sich bereit, noch etwas auf Selina auf zu passen. William grinst sie an und zieht mich in Richtung Schlafzimmer. Dort sinke ich auf unser Bett und sehe ihm zu, wie er sich aus den Trainingsklamotten schält und im Bad verschwindet. Bei seinem Anblick hole ich tief Luft, was mir einen schmerzhaften Stich an meinen geprellten Rippen einbringt. Ich lege mich hin und versuche, den Schmerz weg zu atmen, was eine Weile dauert. So merke ich zu spät, dass William mich beobachtet. Wortlos verlässt er den Raum. Mühsam stemme ich mich hoch, um ihm zu folgen, doch bevor ich die Tür erreiche, höre ich ihn. Anscheinend telefoniert er. „Wo bist du? -Wir müssen reden-sofort- beim Italiener." Ich erstarre in der Bewegung und warte, bis er die Treppe hinunter geht. Erst dann öffne ich die Tür, gleichzeitig fällt die Tür ins Schloss. Was ich nun mache, hätte ich nie von mir gedacht. Ich verfolge meinen Partner zum Italiener. Doch was ich dort sehe, hätte ich mir lieber erspart.

Kapitel 21- Erste Krise

- W-

Was habe ich mir nur dabei gedacht? Gut, gedacht habe ich nicht. Als ich meine große Liebe mit schmerzverzerrtem Gesicht auf dem Bett liegen sah, packte mich eine unbändige Wut. Doch der Weg, den ich einschlage, ist eindeutig falsch, Laufen wäre die bessere Alternative gewesen. Kaum betrete ich das Restaurant, fällt mir Pamela um den Hals und küsst mich stürmisch. Ich bin so überrumpelt, dass ich ein paar Sekunden brauche, um sie von mir wegzuschieben. Ihr triumphierendes Lächeln in Richtung Fenster lässt mich herumfahren und sehe gerade noch, wie Jessica davonstürmt. „Sch…", fluche ich, „lass uns einfach in Ruhe. Ich liebe Jessica und daran kannst du nichts ändern. Also halte dich einfach von uns und vor allem von ihr fern." Ich lasse sie stehen und folge Jessica. Trotz ihres Zustandes reicht der zeitliche Vorsprung aus, dass ich sie erst an unserer Haustüre einhole. Ich verstelle ihr den Weg. „Du bist mir gefolgt? Warum?", frage ich atemlos. Ihr tränennasses Gesicht schneidet mir ins Herz. „Lass mich los", zischt sie, „was ich gesehen habe reicht." Sie drückt sich an mir vorbei, verschwindet im Schlafzimmer und sperrt ab. Verdammt! „Jess, Schatz, bitte mach auf. Lass uns darüber reden. Es ist nichts passiert. Bitte, ich liebe dich. Mach diese verdammte Tür auf", verzweifelt versuche ich, zu ihr durchzudringen, doch dann höre ich, wie sie die Dusche anstellt. Ich gebe auf und warte im Wohnzimmer, bis sie sich beruhigt. Ich würde jetzt gerne eine rauchen, aber seit Jessy schwanger ist, habe ich auf unserem Grundstück nicht mehr geraucht. Zwanzig Minuten später erscheint sie und sie scheint sich einigermaßen beruhigt zu haben. Doch als ich auf sie zutrete, weicht sie zurück. Ihr Blick ist eiskalt. „Ich schlafe im Gästezimmer, bis ich mich entschieden habe, wie es weitergeht. Die Kinder müssen davon nichts mitbekommen- noch nicht zumindest." „Du willst mir also nicht zuhören?", versuche ich es noch einmal. Das Klingeln an der Tür erspart ihr die Antwort. Vor der Tür steht ein strahlender Ahmet, der Selina zu ihrem Bruder bringt. Das Abendessen wird dank der Kinder sehr fröhlich, doch Jessica weicht weiterhin meinem Blick aus und verschwindet kurz nach den Kindern im Gästezimmer. Und als ich am Morgen nach unten komme, treffe ich nur auf die Kinder und Raphaela. Jess ist bereits zur Arbeit, also muss das Gespräch warten. Ich bringe die Kinder zum Kindergarten und in die Schule und fahre dann ins Training, wo man mir mein Gefühlschaos deutlich anmerkt. Unser Trainer schüttelt genervt den Kopf. Der gefühllose Will wäre ihm im Moment sicher lieber, aber den finde ich gerade nicht. Da heute doppeltes Training angesetzt ist, bleiben wir Spieler auf dem Gelände, was mir gelegen kommt, auch wenn dadurch ein Gespräch mit dem Trainer fällig wird. Doch das Gespräch ist ein Zuckerschlecken im Vergleich zu dem Gespräch, was zuhause auf mich wartet.

- J-

Meine Gedanken kreisen die meiste Zeit um meine Beziehung, so dass ich froh bin, als die Schule beendet ist. Vor der Tür wartet Raphaela mit den Kindern, um den Familienvater vom Training abzuholen. Ich bereue kurz den Entschluss, heile Welt zu spielen. Am

Trainingsgelände angekommen, sehe ich William im Gespräch mit den Trainern. Als mich der Co- trainer entdeckt, winkt er mich zu ihnen, also nähere ich mich langsam. „Ihr klärt das jetzt", höre ich noch. William nimmt meine Hand und zieht mich zum Tor. Dort umschließt er mit seiner Hand meine beiden Hände hinter meinem Rücken und drückt mich gegen den Torpfosten, so dass ich nichts anders tun kann, als zuzuhören. „Du tust mir weh", begehre ich kurz auf, doch er verstärkt seinen Griff noch etwas. Außerdem steht er so dicht, wie es mein Babybauch zulässt, vor mir. Seine Stimme klingt hart und erschreckt mich. „Du- hörst- mir -jetzt- zu. Als ich dich mit Schmerzen auf unserem Bett liegen sah, war ich wütend und wollte sie- gut, ziemlich unüberlegt, zur Rede stellen. Dass sie etwas anderes wollte, wurde mir zu spät klar. Und ich wollte auf keinen Fall, dass du davon etwas erfährst, um dich nicht zu verletzen. Ich liebe dich und nur dich und genauso wie du bist." „Lass mich los, bitte", flüstere ich, während meine Wut verraucht, „wir klären das nicht hier, das ist peinlich." Aus den Augenwinkeln sehe ich, dass seine Mitspieler die Situation genau beobachten. Er lockert nun seinen Griff und ich winde mich heraus. Seine Torwarthände haben Abdrücke auf meinen Handgelenken hinterlassen. Ich reibe mein rechtes Gelenk, das durch den Armreifen, den ich ständig trage, stärker in Mitleidenschaft gezogen wurde. William sieht mich mit ersetztem Gesicht an. „O Gott, das tut mir leid." „Trainiere fertig, wir klären das zuhause:" Ich wende mich ab und gehe langsam zurück zu den Kindern. Die Blicke der Mitspieler und deren Partner machen mir bewusst, dass wir wieder einmal Gespräch sind. Doch die Kinder bringen mich schnell auf andere Gedanken. Vroni scheint etwas auf dem Herzen zu haben und ich versuche herauszufinden, was das ist. „Alles in Ordnung Schatz?", frage ich und ziehe sie zu mir auf die Bank. Wenn sie nachdenkt, sieht sie aus wie ihr Vater. Sie sieht mich eine gefühlte Ewigkeit an. „Bist du böse auf Papa?", fragt sie schließlich. „Ein bisschen", gebe ich zu und bewundere die Empathie der Siebenjährigen, „Ist aber nicht schlimm. Warum fragst du?" „Naja", meint sie, „wenn du auf Papa böse bist, hast du uns sicher auch nicht mehr lieb." „Was?? Nein, dich und Leon werde ich immer liebhaben", versichere ich ihr schnell, „genauso wie deinen Papa." Leon rutscht nun ebenso auf die Bank. „Und wenn das Baby da ist, was ist dann?", fragt er. Ich lege meine Arme um sie, ziehe sie etwas näher an mich heran und unterdrücke den Schmerz, der mich durchfährt. „Auch dann. Wir sind doch eine Familie. Und wir haben uns alle lieb." „Aber", Leon scheint noch nicht zufrieden, „das Baby hat dich als Mama und ich…" Ich lächle ihn an: „Du hast mich doch auch. Und wenn du willst…" „Dann darf ich auch Mama zu dir sagen?" „Sicher, aber was ist mit deiner echten Mama?", frage ich und stelle mit Steffi vor. Der Kleine denkt kurz nach. „Ich sage doch, es ist doof," resultiert er, „aber Jessica reicht nicht." Auch Veronika denkt nun laut: „Mama Jessica? Zu lang- Mum- Mama? Ich bin für Mama, denn du bist für uns da. Aber nur, wenn du einverstanden bist." Wow, nun bin ich tatsächlich aufgestiegen, nun müssen nur wir Erwachsenen das hinbekommen. Ich nicke und als William die Handschuhe abstreift, nehme ich die Kinder an der Hand und gemeinsam bummeln wir nach vorne. Kurz bevor wir ihn erreichen, läuft Leon los und springt seinem Vater in die Arme.

Kapitel 22-Aufstieg

- W-

Lächelnd fange ich meinen Sohn auf, der die Arme um meinen Hals schlingt: „Du darfst nicht mehr böse auf Mama sein, sie hat dich lieb." Mama? Steffi? Doch er grinst meine Partnerin an. Ich sehe sie an: „Habe ich was verpasst?" Sie lächelt kurz, doch Vroni ist schneller: „Wir haben beschlossen, dass Jessica unsere Mama ist. Und du", sie sieht Jess an, „bist auch nicht mehr böse auf Papa, oder?" Von wegen, die Kleinen haben nichts mitbekommen. „Wir bekommen das schon wieder hin", versuche ich meine Familie und mich zu überzeugen. Ich setze meinen Sohn ab und verschwinde unter der Dusche. „Was ist bei euch denn los?", fragt Martin, „Beziehungsstress?" „Ein bisschen", gebe ich zu, „meine Schuld." „Na, was denn sonst", stichelt mein Kollege, „ist ja nichts Neues." „Eben, genau das ist das Problem. Meine Vergangenheit hat mich- uns eingeholt. Und Jessica ist nun wütend auf mich. Aber das renkt sich wieder ein, hoffentlich. Und wenn nicht musst du spielen Toby, Anweisung vom Trainer", erkläre ich. „O.k.", kommt von ihm nur und wir verlassen lachend das Haus. Und meine Familie erwartet mich ebenso strahlend. Obwohl Jessicas Lächeln noch etwas gequält scheint. Aber sie lächelt, doch kaum sind wir zuhause, verschwindet das Lächeln aus ihrem Gesicht. Ihr Handgelenk ist immer noch rot, dafür ist ihr Gesicht blass. Doch als sie zu sprechen beginnt, ist ihre Stimme erstaunlich fest, was

die Ernsthaftigkeit des Problems unterstreicht. „Warum hast du mir nicht erzählt, was du vorhast? Du hast sie in unserer Leben gelassen, obwohl du wusstest, wie sehr mich ihre Aussagen getroffen haben. Will- der Torwart- der Einzelkämpfer in Reinkultur. Ich dachte, das hätten wir hinter uns. Aber du bist auch William, der Vater und Partner. Warum diese einsamen Entscheidungen? Ja, sie hat mir wehgetan, aber das ist nur körperlich und wird vergehen. Aber wenn du allein bestimmen willst, was für unsere Familie am besten ist, dann- ich weiß nicht. Ich will, dass diese Familie funktioniert und jetzt, da mich die Zwerge zur Mama gemacht haben ist der erste Schritt gemacht. Ich liebe dich- aber du musst dich entscheiden- für wen entscheidest du dich? Für Will, den Einzelkämpfer oder William den Familienvater?"
Verdammt, sie hat Recht. Ich musste lange niemanden in meine Entscheidungen einbeziehen. Selbst in unserer Beziehung habe ich einsam entschieden- die öffentliche Liebesbeziehung zum Beispiel oder gestern. Aber für meine Karriere sind zu viele Gefühle Gift, was man ja heute gemerkt hat. „William", murmle ich, „zumindest privat, aber wenn ich Will verleugne…" Meine Partnerin lächelt mich nun liebevoll an: „Aber das sollst du doch nicht. Wenn du für uns William bleibst, halte ich dir als Will den Rücken frei." „Ich weiß nicht genau, ob ich das trennen kann", gebe ich zu, „hilfst du mir?" Sie nickt und kommt endlich näher. „Wenn du mir hilfst, dass ich meine Zweifel über Bord werfe." Vorsichtig lege ich den Arm um sie und dieses Mal weicht sie nicht zurück. Ich küsse ihr rotes Handgelenk. „Tut es weh?", frage ich ungewohnt schüchtern. Sie sieht mich fragend an und schüttelt dann den Kopf: „Torwarthände", murmelt sie und schmiegt sich an mich, „können aber auch sehr zärtlich sein." Ihre Anspielung setze ich sofort in die Tat um und verführe sie nach allen Regeln der Kunst. Als sie vor Schmerz aufstöhnt, will ich mich sofort zurückziehen, doch sie schlingt die Beine um mich. Ich versuche, vorsichtiger zu

sein, was aber nur leidlich gelingt. Unser Sex war schon immer stürmisch, doch nach unserer ersten Krise ist er unsagbar. Erschöpft sinke ich neben sie und sehe zu, wie sie lächelnd einschläft. Oh Mann, das ist gerade noch einmal gut gegangen. Keine Ahnung, was ich getan hätte wenn... Kurz bevor mich der Schlaf ebenfalls übermannt klopft es zaghaft an die Tür. „Mama, Daddy Abendessen ist fertig", höre ich unsere Tochter. „Kommen gleich", antworte ich und küsse Jess sanft wach. „Abendessen", grinse ich, angle nach meiner Hose und schwinge mich aus dem Bett. Auch sie schlüpft in Jeans und T Shirt und kurz darauf gehen wir Hand in Hand nach unten. Raphaela lächelt wissend und ich zucke entschuldigend mit den Schultern.

- J-

Raphaela hat sich mit dem Abendessen selbst übertroffen. Ich muss aufpassen, dass ich ihr zu viel aufhalse. Also gebe ich ihr am Wochenende frei, was sie einerseits diebisch freut und andererseits auch sehr verblüfft. William hat Auswärtsspieltag und ist ebenfalls am Sonntag erst wieder da. Also haben wir drei den Samstag für uns. Nach einem ausgiebigen Frühstück fahren wir als Erstes ins Möbelhaus, wo wir für Leon sein heißersehntes Hochbett erstehen und das Babyzimmer aussuchen. Hier zeigt sich, welches Geschlecht sich die Großen wünschen. Da wir das aber noch nicht wissen, wird es wohl ein neutrales Zimmer. Zum Mittagessen gibt es Fast Food, bevor der Einkaufsmarathon in der Innenstadt fortgesetzt wird. Leon braucht dringend neue Anziehsachen, da er in den letzten Wochen ziemlich gewachsen ist. Auch Vroni und ich bekommen was zum Anziehen. Im Spielwarenladen kommt mir eine Idee. Ich lasse die Kinder kurz in der Spielecke zurück und kehre kurz darauf mit drei identischen Teddybären zurück, die mir die Dame an der Kasse netterweise verstecken hilft. Nachdem noch ein Lego und ein Playmobil Set hinzukommen, treten wir schwer bepackt den Heimweg an. Leon schläft bereits im Auto ein und auch Vroni und ich sind ziemlich müde. Zuhause will Leon unbedingt wissen, was in der Überraschungstüte ist. Ich vertröste ihn auf morgen, damit sein Papa die Überraschung auch mitbekommt. Erstaunlicherweise gibt er sich damit zufrieden und baut seine neue Feuerwehr zusammen. Ich räume die erstandenen Kleidungsstücke weg und halte mir die zwei neuen Schwangerschaftskleider an meinen Körper. Auf eine Anprobe habe ich verzichtet, da och einerseits die Kinder nicht allein lassen wollte und andererseits meinen geschundenen Körper nicht der Öffentlichkeit preisgeben will. Sie werden schon passen. Als ich nach unten gehe, sperrt jemand die Tür. „Was machst du denn schon hier? Lust auf Chaos?", frage ich lächelnd. Raphaela grinst zurück: „Meine Freundin hat nicht länger frei und ich allein in München? Dann lieber Chaos." „Mama, Papas Spiel kommt", ruft Vroni und wir treffen uns alle im Wohnzimmer, wo wir die erste richtige Niederlage der Saison mitbekommen. Die Mannschaft spielt wie ein Absteiger, so dass die Niederlage durchaus gerechtfertigt ist. Beim Interview nach dem Spiel ist seine schlechte Laune direkt greifbar. Und wie aufs Stichwort ruft er auch schon an. Anhand von seiner Stimmung kann ich mir vorstellen, wie die Stimmung im Team ist. Er lässt sich von mir erzählen, wie der Tag verlaufen ist, und ich spüre ein leises Lächeln, als das Gespräch auf Leons Hochbett und das Babyzimmer kommt. Von hinten höre ich Martin rufen und nach einem „Bis morgen, Ich liebe dich", ist er auch schon weg. Ehrgeizig wie er ist, nagt diese Niederlage sicher an ihm. Ich begebe mich zu den Kindern in die Küche, wo bereits am Abendessen gearbeitet wird. Die Kinder sind rechtschaffen müde, so dass Raphaela und ich den Abend allein verbringen. „Wir fahren in den Pfingstferien zu Williams Eltern nach

Hamburg. Willst du nicht auch nach Hause fahren",
schlage ich ihr vor und füge, als ich ihr entsetztes Gesicht
sehe hinzu, „um dann noch mindestens 1 ½ Jahre bei
uns zu bleiben." „Bleiben? Sie wollen den Vertrag
verlängern?", kommt erstaunt zurück. Ich lächle sie an:
„Klar, wenn du uns noch länger erträgst. Und wenn das
Baby da ist, wird das Chaos sicher nicht kleiner, auch
wenn ich dann zuhause bin." „Ich würde gerne bleiben
und auch gerne meine Eltern besuchen, aber ich kann
mir die Reise nicht leisten", fügt sie hinzu. „Das ist doch
kein Problem. Ich wüsste nicht, was ich ohne dich
machen würde. Ich schenke dir die Reise." Es ist das
erste Mal, dass ich den Reichtum meines Partners
bewusst einsetze und damit einen Menschen in
Verlegenheit bringe. „Sorry, ich wollte dich nicht in
Verlegenheit bringen. Ich will dir nur auch was Gutes tun.
Du bist immer da, wenn es brennt", stottere ich. Ihr
offenes Lächeln ist sofort wieder da. „Ich frage meine
Eltern, ob sie sich zu der Zeit Urlaub nehmen können,
damit wir Zeit für uns haben. Und ich zahle ihnen das
Geld zurück. Und bleiben würde ich wirklich gerne, wenn
das als Au- Pair möglich ist." „Wenn nicht, stellen wir dich
als Kindermädchen ein." Wenn Raphaela bleibt, ist es für
uns eine Konstante mehr. Dem jüngsten Karl- Spross
scheint es auch zu gefallen, denn er turnt in mir herum.

-W-

Nach der ersten richtigen Niederlage gegen einen
potenziellen Absteiger hat uns der Trainer am Samstag
noch ein Sondertraining aufgebrummt. Dafür haben wir
den Sonntag frei. Ich freue mich schon auf den Tag mit
meiner Familie. Von der Arena fahre ich mit Ahmet nach
Hause und öffne gegen 11.30 Uhr die Haustür. Kaum
betrete ich die Diele, fliegt mir mein Sohn mit einem

„Papaaaa" entgegen. Ich nehme ihn lächelnd auf den Arm und dringe weiter ins Haus vor. „Es gibt Schnitzel und Pommes" klärt er mich auf und lotst mich in die Küche. Jess grinst mich über die Kochinsel hinweg an. „Leon wolltest du nicht helfen, den Tisch zu decken. Essen ist in fünf Minuten fertig." Ich helfe den Kindern, den Tisch zu decken, und kläre meine Familie beim Essen über meinen freien Tag auf. Jess erzählt mir von der Vereinbarung mit Raphaela und ich merke, wie wichtig ihr die Verpflichtung von Raphaela ist. Nachdem der Tisch abgeräumt ist, verschwindet Jess kurz und kommt mit einer großen Tüte zurück. „Die Überraschung", flüstert Leon und starrt gebannt auf die Tüte, die Jess nun langsam öffnet. „Wenn das Baby bald kommt, wirst du zum großen Bruder", meint sie an den Kleinen gewandt, „und das Baby braucht einen guten Freund. Deshalb bekommt es einen Teddy." Sie zieht einen wunderschönen, weichen Teddy heraus. „Und ich dachte, wir machen daraus einen Familienbären. Jedes Kind bekommt einen." Zwei weitere, identische Bären krabbeln aus der Tüte und werden zwei strahlenden Kindern in die Hand gedrückt. Vroni ist den Tränen nahe, als sie den Bären an sich drückt. „Danke Mama", flüstert sie und auch von Leon kommt ein für ihn untypisches leises „Danke". „Wow, das ist ja eine tolle Idee", meine ich, während ich meine Lebensgefährtin in den Arm nehme, „Wie bist du denn darauf gekommen?" „Purer Zufall. Ich habe den Bären gesehen und schon war da die Idee.", antwortet sie. Arm in Arm schlendern wir ins Wohnzimmer, wo die Kinder und die Bären zusammenspielen. „Vroni wird den Bären den ganzen Tag nicht aus der Hand legen", grinse ich, „sie liebt Stofftiere und ein Familienbär…" Jessica zieht noch verschiedenfarbige Schleifen aus der Tasche und verleiht den Bären eine individuelle Note. Vroni entscheidet sich für Rot, Leon für Grün und der Bär für das Baby bekommt eine weiße Schleife und wandert in den

Wohnzimmerschrank. „Hoffentlich gibt es den Bären dann auch noch für unsere weiteren Kinder", stichle ich. „Weitere Kinder?", Jessica klingt schockiert, aber das Lächeln nimmt die Entrüstung, „keine Sorge, bei der Marke wird er nicht so schnell geändert, auch eine größere Anzahl ist sicher drin." Nun ist es an mir entsetzt auszusehen. Wir haben noch nicht darüber gesprochen, wie unsere Familie aussehen wird, aber das hat auch Zeit. Jetzt freuen wir uns erst einmal auf das Baby. Der Familienspaziergang findet nur mit Bären statt. Vroni verbannt ihre Puppe aus dem Wagen und setzt ihren und Leons Bären hinein. So machen wir uns auf den Weg und treffen kurz darauf Sylvia und Ahmet. Die Kinder drängen in die Eisdiele, was wir gerne tun. Leider vergehen trainingsfreie Tage gefühlt doppelt so schnell und als wir am Abend die Kinder ins Bett bringen, genießen wir unsere Zweisamkeit. Ich bin froh, dass sich unser Nachwuchs entschlossen hat, in der Sommerpause auf die Welt zu kommen, so kann ich Jess aktiv unterstützen.

Kapitel 23- Zwillinge

- J-

Lächelnd betrete ich mein Klassenzimmer und lege die Hand auf meinen Bauch. In dem neuen Kleid kommt mein Babybauch gut zur Geltung. Heute Nachmittag ist die nächste Ultraschalluntersuchung und ich überlege, ob ich es wirklich durchhalte, das Geschlecht nicht wissen zu wollen. Wir werden sehen. Der Schultag vergeht sehr schnell und meine Kinder strengen sich an, mich nicht zu ärgern. Gegen 15.00 Uhr mache ich mich auf zum Gynäkologen, um danach mit William nach Hause zu fahren. Der Arzt sieht mich nach der Untersuchung entschuldigend an. „Ich glaube, wir haben da was übersehen", meint er. „Was übersehen? Ist mit meinem Kind alles in Ordnung?", Panik steigt in mir auf. Er beruhigt mich sofort und zeigt mir das Ultraschallbild und die Herztöne. „Was ist das denn?", frage ich, als ich die seltsamen Herztöne höre. Er fährt mit dem Gerät etwas höher. „Ich glaube, ihre Familie vergrößert sich etwas mehr." Moment mal-heißt das etwa „Zwillinge?", flüstere ich, „aber das wäre ja Wahnsinn." „Gratuliere. Wollen sie das Geschlecht nicht wissen?" Der Arzt hat keine Ahnung, was diese Entdeckung für mich bedeutet. Von null auf vier innerhalb eines Jahres. „Ist es ein Pärchen?", frage ich atemlos und er nickt. Wow, ich bin gespannt, was William und die Kinder sagen werden. Langsam schlendere in Richtung Trainingsgelände und überlege, wie ich es William sagen soll. Er erwartet mich bereits:

Claudia Krause

„Alles in Ordnung Schatz du bist ja kreidebleich", Williams
Sorge ist greifbar. Ich zwinge mich zu einem Lächeln:
„Jaja, alles gut, aber wir müssen wohl noch einen Teddy
kaufen."

- W-

Wie? Noch einen Teddy? „Heißt das etwa, wir bekommen
…", das wäre ja der Wahnsinn. „Ein Pärchen", nickt
Jessica. Ich nehme sie vorsichtig in den Arm: „Und mit dir
alles in Ordnung? Freust du dich?" Ich versuche, meine
Begeisterung etwas zu zügeln, da sie sich offensichtlich
nicht freut. „Ich weiß es nicht", gibt sie zu, „ich bin im
Moment etwas geschockt. Das geht alles so schnell."
„Das bekommen wir schon hin", versuche ich sie
aufzubauen und beim Kauf des Teddys und des zweiten
Kinderbettes ist ihre gute Laune sofort wieder da. Beim
Abendessen müssen wir es dann den Kindern und
Raphaela beibringen. Jessica setzt den Teddybären mit
der weißen Schleife und den neuen mit der blauen
Schleife auf den Esstisch. Während Raphaela wissend
lächelt, sehen die zwei Kleinen ratlos hin und her. „Ihr
bekommt ein Brüderchen und ein Schwesterchen", setze
ich zur Erklärung an, „Mama bekommt zwei Babys." Die,
von mir erwartete Entrüstung bleibt aus. Leon zählt mit
den Fingern nach: „Zwei plus Zwei sind…. Vier. Wow,
das sind ja richtig viele", murmelt er und strahlt Jess an.
Und Vroni fügt, ganz große Schwester hinzu: „Und ich
helfe dir:" Als das Telefon klingelt, ahnt noch keiner von
uns, dass unser Glück noch auf eine harte Probe gestellt
wird.

Kapitel 24- Neid?

- J-

Glücklich hebe ich den Hörer ab und teile meiner Mutter die Neuigkeit mit. Sie ist genauso begeistert, wie wir. „Hast du an das Klassentreffen gedacht?", fragt sie, als sich die Euphorie gelegt hat. „Klassentreffen?", das habe ich völlig vergessen, „da habe ich zugesagt. Die Kinder und ich kommen am Samstagmittag und fahren am Sonntag wieder." William nickt mir zu und die Kinder freuen sich auf einen Besuch bei den Großeltern. So fahren wir drei schwer bepackt nach Nürnberg. William wird am Sonntag zu uns stoßen, da er in Nürnberg Spieltag hat und fährt mit uns nach Hause. Mein Vater freut sich, Zeit mit den Kindern verbringen zu können und so kann ich beruhigt zum Klassentreffen gehen. Ich betrete den Saal und mein Lächeln gefriert auf meinen Lippen. Ich habe das Gefühl, als würden mich alle anstarren. Gut, mein Schwangerschaftsbauch ist auch nicht zu übersehen, aber das allein scheint es nicht zu sein. Kaum habe ich einen weiteren Schritt gemacht, höre ich auch schon das Wort „Spielerfrau". Ich drehe mich in die Richtung, aus der das Wort kommt und sehe Chris in einer Gruppe Frauen stehen. Ich wende mich also direkt an meine, ehemalige beste Freundin: „Wie ich sehe, hast du dein Gift schon versprüht." Ewas lauter füge ich hinzu: „Gut, für alle, ich bin die Freundin eines Fußballspielers und bekomme Nachwuchs. Wo liegt das Problem?" In diesem Moment verstummt die Musik und meine Frage ist für alle hörbar. Auch der Satz, den ich Chris noch zu zische: „Hast du ihnen auch erzählt, dass du mit meinem Expartner liiert bist?" Mist, nun habe ich mir doch noch die Blöße gegeben. Schnell huscht mein Blick über die Menschen, aber es ist kein Pressevertreter zu sehen. Na ja, wer interessiert sich schon für ein Klassentreffen. Ich atme erleichtert auf, als Caro auf mich zustimmt und mich stürmisch umarmt: „JJ, was für ein Auftritt", grinst sie, „Lass sie reden. Das ist nur der pure Neid." „Ja möglich, aber es ist nervig", antworte ich. Und es tut weh, aber das würde ich niemals zugeben. Der Abend wird dank Caro doch noch relativ entspannt, auch wenn eine nicht gerade geringe Anzahl meines Abiturjahrganges etwas gegen eine Spielerfrau haben. Aber auch ein paar alte Freunde machen den Abend erträglich. Als einer der Männer den Arm um mich legt, lasse ich es zu und fühle mich einen Moment lang, wie Jessica von früher. Der Gedanke an die Presse ist verschwunden, obwohl ab und zu Fotos gemacht werden. Ich versuche nur, ich selbst zu sein und die Beziehung zu William rückt in den Hintergrund- dass das nicht so bleiben kann, ist ja klar. Kurz bevor ich das Treffen verlassen will, kommt Harald, ein schon früher nerviger Kerl, auf mich zu: „Wieviel Geld braucht ein Mann, um bei dir landen zu können?" Die Wut, die sich den ganzen Abend aufgestaut hat, entlädt sich in einem kräftigen Schlag. Und genau in dem Moment, in dem meine Hand seine Wange trifft, höre ich das Klicken einer Kamera. Ich stürme aus dem Saal und verschwinde bei meinen Eltern wortlos in meinem Zimmer. Erst als die Tür ins Schloss fällt, schluchze ich hemmungslos. Was habe ich getan? Mein Leben stürzt über mir zusammen und das allererste Mal wünsche ich, einfach nur Jessica Müller zu sein.

- W-

Was ist nur los mit ihr? Seit ich sie am Sonntag abgeholt habe, ist sie einsilbig und in sich gekehrt. Sie will aber nicht darüber reden und kapselt sich immer mehr von mir ab. Als ich am Montag vom Training komme, ist von ihr weit und breit nichts zu sehen. Ihre Tasche liegt im Arbeitszimmer und auf ihrem Schreibtisch liegt ein Zettel. „William, bitte suche nicht nach mir. Ich brauche Zeit, um mir über einige Dinge klar zu werden. Das hat nichts mit dir zu tun, sondern nur mit mir. Wenn ich weiß, wie es weitergeht, melde ich mich. ILD Jessica P.S. Pass auf die Zwerge auf." Meine /unsere Familie ist gerade zerbrochen und ich konnte nichts dagegen tun. Was in aller Welt ist am Samstag passiert? Weder ihre Eltern noch die Kinder wissen irgendetwas, zumindest hat keiner was gesagt. Es muss etwas mit dem Klassentreffen zu tun haben. Hat sie so wenig Vertrauen zu mir, dass sie nicht mit mir spricht. Nach einer gefühlten Ewigkeit löse ich mich aus der Erstarrung und verlasse den Raum. Raphaela versucht die, völlig aufgelösten Kinder zu beruhigen. Machtlos kann ich sie nur in die Arme schließen. „Kommt Mama wieder?", fragt mein Sohn tränenüberströmt. Ich schlucke meine Verzweiflung hinunter: „Na sicher, sie braucht nur ein paar Tage für sich." Hoffentlich fliegt mir diese Lüge nicht irgendwann um die Ohren. Nach dem Training fahre ich an ihrer Wohnung vorbei, in der Hoffnung, dass sie sich dort versteckt. Doch dem ist nicht so. Ihr Handy ist ausgeschaltet und auch bei ihren Eltern hat sie sich nicht gemeldet. Wo zum Teufel ist sie? Und wie kann ich sie finden?

Kapitel 25- Wo ist sie?

- J-

Mona sieht mich erstaunt an, als sie die Tür öffnet. Ohne ein Wort zu fragen, nimmt sie mir den Koffer ab und zieht mich ins Haus. „Entschuldige bitte", flüstere ich, „aber ich brauche einen Platz zum Nachdenken. Einen Ort, wo William mich nicht vermutet." „Willst du darüber reden?", fragt sie und ich schüttle den Kopf. Wortlos reiche ich ihr die, von mir am Morgen erstandene Illustrierte mit der Riesenüberschrift „Spielerfrau crashed Klassentreffen". Mona schlägt den Artikel auf und beginnt zu lesen, während ich mich in den Sessel fallen lasse. Ein leichtes Lächeln breitet sich in ihrem Gesicht aus. „Ich kann darüber nicht lachen", stoße ich hervor, „ich bin für so ein Leben nicht geeignet." Sie legt die Zeitung weg und sieht mich durchdringend an. „Und deswegen verlässt du die Familie? -- Will hat angerufen", fügt sie hinzu, als sie mein Gesicht sieht. „Das ist nicht mein Leben", versuche ich es erneut, „ich halte diese Abneigungen nicht aus. Und wenn mich jemand ganz normal behandelt, dichtet man mir eine Affäre an." Ich zeige auf die Zeilen: „Setzt sie dem Womanizer Will Karl die Hörner auf?" „Ich habe mich doch nur ein paar Minuten als Jessica Müller gefühlt." Achim betritt in diesem Moment das Wohnzimmer und schüttelt den Kopf: „Seit wann kümmert es dich, was andere sagen, oder denken?" „Wenn ich dadurch meiner Familie schade", murmle ich leise. „Schaden? Wem- Will? Wegen einer Ohrfeige?", mein

Schwiegervater schüttelt den Kopf: „Du schadest ihm und den Kindern mehr, wenn du sie aus diesem Grund verlässt. Er sucht dich fieberhaft und er klingt ziemlich verzweifelt. Und die Kinder brauchen dich auch. William glaubt doch davon kein Wort. Er weiß doch, wie sehr du ihn und die Kinder liebst. Ist doch so, oder?" Ich nicke zaghaft. „Sicher, aber was soll ich den Kindern sagen, wenn sie zurück zu Paul müssen, weil ihre Mama sich prügelt? Oder ihren Vater betrügt? Und was ist mit mir? Ich will nicht immer pressekonform sein. Früher war ich eine einfache Lehrerin, die keinen Menschen interessiert hat- ein stinknormaler, langweiliger Mensch." „Und das willst du wieder? Ein langweiliges, gesellschaftskonformes Leben?", Achim ist nicht bereit, mich so schnell vom Haken zu lassen. „Ich weiß es nicht", muss ich zugeben, „ich denke darüber nach."

- W-

Nach einer schlaflosen Nacht mache ich mich auf den Weg zum Champions League Spieltag. So kann ich auf keinem Fall spielen und ich bitte den Trainer, mich auf die Bank zu setzen. Er schüttelt den Kopf, stellt dann aber doch Toby ins Tor. Die Kollegen sehen erstaunt in meine Richtung. „Schmerzen in der Hand", erklärt der Trainer. Beim Umziehen meint Martin: „Schmerzen ja, aber die liegen woanders." Und auch Ahmet will wissen: „Was ist denn los?" „Jess ist weg", flüstere ich, „ich weiß nicht warum und wo sie ist. Ich bin wohl doch keine Maschine." „Das renkt sich sicher wieder ein. Sie liebt dich doch", versucht Martin mich aufzumuntern. Als im Stadion die Aufstellung bekannt gegeben wird, geht ein Raunen durch die Arena. Mein Handy, das ich mit Ausnahmegenehmigung des Trainers im Trainingsanzug habe, brummt. Ich ziehe es heraus und öffne voller Freude die sms von Jess „kneif die Backen zusammen und mach deinen Job" lese ich. Mehr ist da nicht. Sie ist definitiv nicht im Stadion, denn ihre Karte wurde nicht registriert. Das klingt auch gar nicht nach ihr. Toby und die Mannschaft spielen heute wie entfesselt und wir können mit einem 5:0 ins Rückspiel gehen. „Dann aber wieder mit dir", grinst Toby, als ich ihm zu seiner Topleistung gratuliere. „Mal sehen", grinse ich schief zurück. Ich schlüpfe zu Ahmet ins Auto, der mich fragend ansieht. „Und du hast keine Ahnung, wo sie sein könnte. Oder warum sie weg ist?" Ich schüttle den Kopf, doch als er an einem Kiosk vorbeifährt, fällt mein Blick auf eine Schlagzeile. „Stopp! Halt an, bitte", rufe ich und Ahmet steht sofort auf der Bremse. Ich stürze aus dem Auto, werfe 2 € auf die Tresen und schnappe mir die Zeitschrift. Mein Freund sieht mich fragend an, so halte ich ihm das Blatt hin. „Spielerfrau crashed Klassentreffen, S. 17", liest er vor, „Los mach schon, lies vor." Will ich das wirklich wissen? Doch ich blättere weiter und fange an leise zu lesen, während Ahmet weiterfährt. „Die Partnerin von Will Karl schlägt ehemaligen Mitschüler ins Gesicht…Und so stellt sich die Frage, Wird ihr das öffentliche Leben zu viel?"   Bei der Zeile, dass sie mich betrügt, stocke ich. Sie mich betrügen- niemals- oder doch? „Wow", stößt mein Freund hervor, „jetzt wird mir einiges klar! Aber du glaubst doch nicht, dass an den Fremdgehgeschichten etwas dran ist?" Ich schüttle den Kopf, merke aber, wie ich meine rechte Hand zur Faust balle. Und plötzlich verstehe ich Jess Ärger bei meinen Alleingängen. „Aber warum hat sie nichts gesagt? Sondern verlässt mich einfach?", meine Stimme bricht, „Und wo zum Teufel ist sie?" Obwohl wir vor meiner Tür stehen, bleibe ich sitzen und sehe Ahmet an. „Sie ist nicht in ihrer Wohnung, nicht bei ihren Eltern und arbeitet nicht", fasst dieser zusammen. „Vielleicht absurd, aber was ist mit deinen Eltern?" „Warum sollte sie? Obwohl, warum eigentlich nicht?", denke ich laut, „versteckt sich vor meinen Augen." „Ruf deine Eltern an und gib mir Bescheid, wir passen auf die Kinder auf." Ich stürze ins Haus und greife nach dem Telefon. „Dad", stoße ich atemlos hervor, als dieser sich meldet, „ist Jess bei euch?" Bitte, sag ja, bete ich. „Hmh", kommt es vom anderen Ende. „Aber sie will nicht mit mir reden, oder?", als Dad nicht antwortet, beschließe ich, sofort nach Hamburg zu fahren. „Bin morgen mit dem ersten Flug bei euch", murmle ich. „Will, ich weiß nicht, ob...", flüstert mein Vater. „Bis morgen", ich hänge auf und buche den ersten Flug am Morgen. Der Trainer befreit mich für zwei Tage vom Training und ich stoße zum Auswärtsspieltag am Sonntag in Hamburg hinzu. Sylvia und Ahmet erklären sich sofort bereit, auf die Zwerge aufzupassen. Also starte ich am Tag darauf unter vielen hoffnungsvollen Blicken zur Mission Beziehungsrettung. Und verfluche mich selbst, dass ich kurz daran gedacht habe, sie würde mich betrügen.

Kapitel 26- Gefunden

- J-

„Was? Er kommt? Aber warum?", flüstere ich. „Ganz ruhig", lächeln meine Schwiegereltern, „er hat ja nun schon herausgefunden, wo du bist. Und er lässt alles stehen und liegen, um hierher zu kommen", meint Mona. Nach einer schlaflosen Nacht sitze ich am Frühstückstisch und warte auf meinen Partner. Mona wuselt um mich herum. „Mona, bitte, du machst mich nervös." Aber da hören wir auch schon den Schlüssel im Schloss und einen Wimpernschlag später steht William vor mir. Er ist leichenblass und sieht mich vorsichtig an. Sein zuckender Kiefernmuskel zeigt seine Zerrissenheit und verstärkt mein schlechtes Gewissen noch mehr. Mona und Achim verlassen diskret die Küche. William kommt langsam näher und kurz bevor er mich erreicht, schaffe ich es, endlich aufzustehen. „Stopp, bitte nicht näher", weise ich ihn an und er bleibt abrupt stehen. „Jess", setzt er an, „ich habe den Artikel gelesen. Und was immer dich bewogen hat zu gehen…" Ich spüre Tränen aufsteigen und blinzle sie weg, „…meinst du nicht, dass wir das zusammen besser lösen können. Wir sechs. Oder hast du so wenig Vertrauen zu mir?" „Die Kinder zu erwähnen ist unfair", presse ich hervor, „aber auch für die beiden Großen bin ich gegangen." In seinem Gesicht taucht ein großes Fragezeichen auf, also rede ich weiter; „was meinst du, was passiert, wenn meine Handlung gegen dich verwendet wird und sie zurück zu

Paul müssen.?"Jetzt lächelt er doch tatsächlich. „Ich finde das nicht witzig", begehre ich auf. „Tschuldigung", sein Lächeln wird breiter, „was hat der Typ denn gemacht oder gesagt, dass du ihm eine gescheuert hast?" „Wieviel Geld muss man haben, um bei mir landen zu können?", der Satz, der mich am Meisten getroffen hat, kommt nur sehr leise über meine Lippen, „Aber das war nur der Tropfen, der das Fass zum Überlaufen gebracht hat, Chris hat mich bereits vor meinem Eintreffen zur Spielerfrau gestempelt." Nun verschwindet sein Lächeln und er sieht mich eine Weile stumm an. „Seit wann interessiert es dich, was andere von dir denken oder sagen?", fragt er erstaunt, „und warum zur Hölle sprichst du nicht mit mir?" Ich sinke zurück auf den Stuhl und halte die Hände schützend über meine ungeborenen Kinder.

- W-

Oh mein Gott, die Ärmste. Nun ist das passiert, wovor ich mich seit Beginn unserer Beziehung fürchte. Und in ihrem Zustand wird ihr das alles zu viel. Also, was jetzt? Ich lehne mich an die Kommode und sehe sie hilflos an. „Warum hast du gestern nicht gespielt?", kommt es unvermittelt. „Offensichtlich hat William die Oberhand gewonnen", versuche ich mich zu rechtfertigen. „Siehst du, ich schade sogar deiner Karriere", flüstert sie. Ich würde sie am liebsten in den Arm nehmen, traue ich mich aber nicht. „Nur, wenn du nicht bei mir bist" grinse ich, „Schatz ich kann dir nicht versprechen, dass so etwas nie wieder vorkommt. Es wird immer Neider geben. Und du kennst Chris gut genug, um zu wissen, wie sie ist." „Sie war meine beste Freundin", sinniert sie, „keine Ahnung, warum sie mich so hasst. Sie hat doch nun Rick." Und wieder einmal fühle ich mich im Umgang mit ihr unsicher. Jedes Mal, wenn sie sich verletzlich zeigt, habe ich Angst, falsch zu reagieren. Ich glaube, ich war als

Mensch noch nie so gefordert. Vielleicht lässt sie doch Körperkontakt zu. Tränen laufen nun über ihr Gesicht. Ich strecke ihr die Hand entgegen, die sie zaghaft ergreift, und ziehe sie an mich. Jess lehnt sich an meine Brust und schluchzt nun hemmungslos. Ich schließe die Arme um sie und kämpfe selbst mit den Tränen. „Ich war völlig durch den Wind, als du gegangen bist", flüstere ich in ihr Haar, „Ich wusste ja nicht, was passiert ist und das Einzige, was von dir kommt, war die sms. Also durfte Toby spielen." „Die sms war von Achim, er dachte, du siehst sie eher an, wenn sie von mir kommt", kichert sie plötzlich los. Ach so, deshalb. „Und was nun?", frage ich unsicher. Sie entfernt sich ein Stück von mir, aber nicht so weit, dass ich sie loslassen muss. Nachdem sie sich die Tränen aus dem Gesicht gewischt hat, versucht sie ein Lächeln. „Ich glaube ich würde gern ein paar Meter an die frische Luft gehen." Ich schüttle amüsiert den Kopf, verlasse aber mit ihr das Haus. Es hilft nichts, nachzufragen, sie wird reden, wenn sie so weit ist. Sie lässt aber meine Hand nicht los, was mich optimistisch stimmt. Aber es bedarf einer Menge Überredungskunst meinerseits, dass meine Partnerin den Vorfall als das sieht, was er war- eine reißerische Schlagzeile, die bald vergessen wird. Nur gegen die Ablehnung der sogenannten Freunde kann ich nichts tun. Es tut mir leid, dass sie es auf diese Weise lernen musste, wie schnell Freundschaften zerbrechen, wenn man in der Öffentlichkeit steht. Auch ich habe kaum noch alte Freunde, da diese mit meinem Lebensplan nicht zurechtkamen. Ich musste dies bei meinem ersten und einzigen Treffen ebenfalls feststellen. Damals war ich gerade von Hamburg nach Bayern gewechselt und galt sowieso als Verräter. Als ich Jess davon erzähle, schleicht zum ersten Mal wieder ein Lächeln in ihr bezauberndes Gesicht. „Warum meine Eltern?", will ich wissen. Jessica zuckt mit den Schultern und meint mit der, ihr üblichen leisen Stimme, die ihre Nervosität ausdrückt: „Da hattest du mich am wenigsten vermutet, oder?" Ich muss ihr recht geben und als ich anmerke, dass es Ahmets Idee war, ist sie beinahe wieder die Alte. Nach zwei Stunden kommen wir zu meinen Eltern zurück, die uns fragend erwarten. Jess nickt ihnen zu und schmiegt sich an mich. „Aber nur, wenn du es am Sonntag allen zeigst." „Mit dir an meiner Seite bin ich unschlagbar, mit dir und den Kindern", meine ich dankbar. Der erste Schritt ist gemacht, aber wir haben noch viel Gesprächsbedarf. Wir haben Zeit und die brauchen wir auch. Die nächsten zwei Tage gehören nur uns und so kann ich gestärkt ins Spiel gegen Hamburg starten.

Kapitel 27- Angekommen

- J-

Ich sitze im Stadion und versuche, die Blicke der Vereinsführung auszublenden. Dass ihr Torwart ein normaler Mensch ist, ist für alle neu, aber da er jetzt wieder Topleistungen bringt, ist das hoffentlich nicht mehr lange ein Problem. An meiner Entscheidung, nicht mehr zu arbeiten, halte ich weiterhin fest. Vielleicht ändert sich meine Meinung noch. Jetzt bin ich erst einmal noch zwei Wochen krankgeschrieben, Zwillingsschwangerschaft sei Dank, da habe ich noch etwas Zeit mich auf das Treffen mit meiner „besten Freundin" vorzubereiten. Zuhause empfangen uns die Kinder erwartungsvoll. Leon fliegt mir entgegen und ich drücke ihn fest an mich. Mit dem zweiten Arm umfange ich unsere strahlende Tochter, die ihren Teddy festhält. Ich bin froh, nach knapp einer Woche wieder zuhause zu sein und meine Familie zu haben. William hat meinen Aussetzer entspannt hingenommen und er will mir helfen, mir ein dickeres Fell zuzulegen. Am Montag bringe ich Vroni in die Schule und Leon in den Kindergarten, bevor ich an meiner Schule vorbeifahre, um meine Krankmeldung abzugeben. Vor dem Sekretariat hole ich tief Luft, bevor ich die Tür öffne. Rick sieht mich kühl an und ich versuche, dem Blick standzuhalten, während ich ihm meine Krankmeldung in die Hand drücke. „Was noch zwei Wochen?", fragt er nur. „Ja mindestens, ist bei Zwillingen wohl eine Vorsichtsmaßnahme", erwidere ich und stelle mit

Genugtuung fest, wie er zusammenzuckt. „Ich melde mich, wenn ich mehr weiß". Und schon bin ich wieder weg. Da ich noch Zeit habe, bis ich Leon abholen kann, beschließe ich, einen Einkaufsbummel zu machen. Bei der Babyausstattung schlage ich voll zu und auch die Großen kommen nicht zu kurz. William wird begeistert sein, dass ich die Kreditkarte zum Glühen bringe. William lächelt, als er die Tüten sieht. „Hast du das gesamte Kaufhaus leergekauft?", meint er. „Nun ja, die Schränke müssen ja nicht leer stehen. Ach Leon, morgen kommt dein Hochbett." Der Nebensatz „und die Babymöbel" geht im Jubel unseres Sohnes unter. „Dann muss ich aber heute dein Bett abbauen, morgen habe ich keine Zeit", fügt mein Partner hinzu. Doch Leon scheint eine Nacht auf dem Boden als großes Abenteuer zu sehen und die Vorfreude auf sein Bett, das für ihn den Schritt zum großen Bruder bedeutet, ist so groß, dass er überall schlafen kann. Eine halbe Stunde später ist das Kinderbett abgebaut und die Matratze auf dem Boden platziert. „Lass sie einfach liegen, ich räume sie am Mittwoch weg", schärft er mir ein und ich nicke. Ich bin doch nur schwanger, denke ich. Dem Lärm nach zu urteilen, ist die gesamte Nachbarschaft bei uns im Garten. Wir begeben uns ebenfalls dorthin, William wirft den Grill an und kurz darauf findet ein Riesenpicknick auf dem Rasen statt. Obwohl dieser den Namen kaum mehr verdient, da man ihm die ständige Beanspruchung langsam ansieht. Ich schmunzle, als ich mir Haus und Rasen vorstelle, wie es bei meinem Einzug ausgesehen hat. William der Pendant- inzwischen nahezu unvorstellbar. Am späten Nachmittag mache ich dem Treiben ein Ende, setze meinen Lehrerblick auf und deute auf Vronis Schultasche. Folgsam breitet sie ihre Sachen aus und arbeitet konzentriert. Leon fordert seinen Vater zum Fußballspielen auf und Raphaela und ich räumen die Sachen auf.

- W-

Als ich die Kinder ins Bett bringe, bin ich richtig dankbar
für mein Leben, einen Beruf, der Spaß macht, eine
geliebte Partnerin und zwei-bald vier bezaubernde
Kinder. Jessica umschlingt mich von hinten und ich drehe
mich langsam um. „Unser Sohn schläft wie ein Engel und
das auf dem Boden", lächelt sie. „Naja, er ist noch klein,
da schläft man überall." Ich umarme sie und küsse sie
erst zärtlich und dann immer fordernder. Sie steigt sofort
darauf ein und so landen wir relativ zeitig in unserem
Schlafzimmer und geben uns soweit es ihr Zustand
erlaubt unserer Leidenschaft hin. Als ich erschöpft neben
sie sinke, sehe ich, wie sie sich verstohlen eine Träne
von der Wange und küsse die Tränen fortwischt. „Bist du
o.k.?", frage ich leise. „Hmh", das klingt nicht sehr
überzeugend. „Warum weinst du dann?", hake ich nach.
„Ich musste gerade daran denken, dass ich dich und die
Kinder beinahe aufgegeben hätte." „Denk nicht mehr
daran- wir lieben uns und halten unser Glück ganz fest",
ich halte sie umschlungen und küsse die Tränen fort. Sie
schläft ein und ich betrachte sie noch lange. In mir reift
ein Gedanke- doch der muss noch warten. Am Morgen
danach startet die Mission Finale in der Champions
League und der Focus liegt in den nächsten 2 ½ Tagen
auf Will, was mir auch super gelingt. Nur manchmal muss
ich William an die Oberfläche holen, als ich die Bilder des
Babyzimmers oder das unseres Sohnes in seinem
Hochbett erhalte. Dank der Vorarbeit meines Teams
dürfte morgen nichts mehr schiefgehen. Aber es wird ein
spannendes Spiel, das wir mit 2:0 für uns entscheiden
können. Nach dem Spiel telefoniere ich überglücklich mit
Jess, die das Spiel ebenfalls verfolgt hat und ebenso
begeistert ist. Am Morgen fliegen wir wie berauscht
zurück nach Hause. Ich unterhalte mich mit unserem
Trainer, der mir während der Saison und meinen Auf und
Abs immer die Stange gehalten hat. „Du bist eben auch
nur ein Mensch. Auch wenn das für uns was Neues ist",

lächelt er. „Ist auch für mich neu", gebe ich zu, „ich hätte nie gedacht, dass eine Frau mich so aus dem Konzept bringen kann." „Familie ist wichtig" meint der Trainer, selbst mehrfacher Familienvater, „und mit Jessica hast du eine selbstbewusste, junge Frau an deiner Seite, die nicht nur zu dir aufsieht, sondern…" „Ja, ich weiß, keine typische Spielerfrau", erwidere ich, „nicht so wie Pam."

- J-

Am Morgen stelle ich fest, dass Vroni leicht fiebert, so dass sie von der Schule zuhause bleibt. Leon trennt sich nur schwer von seinem Bett, lässt sich aber dann doch von Raphaela zum Kindergarten bringen. Langsam dekoriere ich das Babyzimmer fertig. Unsere Kleinen sind heute sehr aktiv, so dass ich öfter eine Pause einlegen muss. Aber schließlich sind die Schränke eingeräumt und ich setze mich mit einer Tasse Tee ans Bett meiner Tochter. Als Raphaela zurückkommt, hängen wir noch die Vorhänge auf, bevor wir das Mittagessen vorbereiten. Mitten unter dem Gemüseputzen läutet es an der Tür. Raphaela öffnet sie und ich höre eine wütende Stimme: „Von einem Dienstmädchen lasse ich mich nicht wegschicken." Was ist das denn? Ich trete in den Gang und sehe an Raphaela vorbei. „Was willst du denn hier? Hast du nicht genug angerichtet?", meine ich kalt. Harald lacht laut auf: „Mich stempelt keine Tussi zu Hampelmann. Das wirst du büßen." Raphaela versucht, ihn aus der Tür zu drängen, was ihr aber nicht gelingt. Bevor er aber einen Fuß über die Schwelle setzen kann, hält ihn jemand zurück. William! Gott sei Dank. „Halten sie sich von meiner Familie fern, oder ich rufe die Polizei", droht er, „Ahmet kümmerst du dich bitte um die Frauen." Doch Harald lenkt ein: „Ich geh schon. Aber ich…" „Sie werden gar nichts tun", knurrt mein Partner, „sie haben sie beleidigt und nun auch noch bedroht. Wenn ich sie noch einmal in der Nähe meiner Freundin erwische, wird es Konsequenzen haben." Wow, das war knapp. Mir schlottern die Knie, als Harald endlich das Grundstück verlässt. Hoffentlich kehrt nun etwas Ruhe ein. Zum Mittagessen schlüpft auch Vroni aus dem Bett. Das Fieber ist gesunken, aber sie hat Ohrenschmerzen. Nach dem Essen muss sich der Familienvater das neue Hochbett und das Babyzimmer ansehen. Über die fehlende Matratze runzelt er nur kurz die Stirn. Raphaela erklärt sofort, dass sie sie weggeräumt hat und auch die Vorhänge aufgehängt hat. „Gegen zwei Frauen komme ich nicht an", stöhnt er. „Ach du Ärmster", bedauere ich ihn halbherzig, „wer will ein Eis?" Die Zwerge laufen voraus und Raphaela und William folgen ihnen. „Danke, dass du Jessica beschützt hast", flüstert ihr William zu und Raphaela lächelt ihn an: „Gern geschehen." Ich grinse vor mich hin und schlendere langsam hinterher. In der Küche warten die Kids bereits mit ihren Eisbechern auf uns und wir genießen das Eis entspannt auf der Terrasse.

Kapitel 28- Neue Pläne

- W-

Noch vier Spiele und die erste Saison als Familienvater ist vorbei. Die neue Saison startet dann mit einigen Veränderungen. Heute kam der Brief vom Familiengericht mit dem Scheidungstermin. Gnädigerweise liegt der nach dem Finale und vor der Geburt der Zwillinge. Als ich es Jess erzähle, spüre ich eine Erleichterung ihrerseits. Auch ich freue mich, wenn der Abschnitt meines Lebens vorbei ist. Auf zu neuen Ufern. Auf der Zielgeraden trainieren wir noch härter, zumindest fällt es uns schwerer, doch da noch zwei Titel zu holen sind, holen wir das Letzte aus uns heraus. Ich bin froh, dass mir meine Partnerin den Rücken freihält, auch wenn ihr das zunehmend schwerer fällt. Ihre Mutter kommt für die nächsten Wochen, um ihr zur Seite zu stehen. Die Kinder freuen sich riesig auf Oma Maria und ich bin beruhigter. Am Schluss können wir alle Titel unser Eigen nennen. Nach der großen Feier stehe ich nun vor dem Scheidungsrichter und unterschreibe die Scheidungsunterlagen. Endlich frei. Meine Familie wartet im Café gegenüber. Ich betrete den Raum und atme tief durch, bevor ich an den Tisch trete. Jessica sieht mich lächelnd an und bevor ich es mir anders überlege, sinke ich vor ihr auf die Knie und ziehe eine Schachtel aus meinem Sakko. Der Lärmpegel im Lokal verstummt augenblicklich, so dass meine Frage laut und deutlich zu hören ist. „Schatz, ich liebe dich und frage dich, wieder einmal vor allen Leuten- Willst du mich heiraten?" Das Café scheint, wie ich, den Atem anzuhalten, und es dauert eine gefühlte Ewigkeit, bis Jess ein leises, aber deutliches „Ja" von sich gibt. Ich schließe sie fest in die Arme und küsse sie stürmisch. Die Fotografen sind mir egal. Und nachdem Maria Vroni und Leon erzählt hat, dass Mama und Papa heiraten, jubeln die beiden mit den Cafébesuchern um die Wette. Am Tag drauf kann man in vielen Boulevardzeitungen lesen. „Nach der Scheidung kam der Antrag- Will Karl heiratet nach einem Jahr seine Freundin". Dieses Mal stört es uns`nicht. Die Hochzeit soll relativ klein bleiben und erst nach der Geburt der Zwillinge stattfinden, da meine zukünftige Braut ein Hochzeitskleid ohne Bauch tragen will. Kurz darauf kommen unsere Zwillinge Florian und Sophie- Luisa gesund und munter zur Welt. Mit der Hochzeit und der Taufe endet das turbulente Jahr und eröffnet ein neues Leben als Familie.

Kapitel 29 Die Hochzeit

- J-

Nervös stehe ich in einem Traum in Weiß vor dem
Spiegel. Nun dauert es nicht mehr lange und mein altes
Leben ist für immer Geschichte. Wenn mir das vor einem
Jahr jemand erzählt hätte, hätte ich ihn ausgelacht. Von
der Lehrerin zur Ehefrau und vierfachen Mutter. Durch die
Scheidung ist eine kirchliche Trauung nicht möglich, also
haben wir uns für eine freie Trauung entschieden.
Veronika und Leon stehen bereits festlich gekleidet
neben meinem Vater und strahlen um die Wette. Ich
rücke den bodenlangen Schleier zurecht und verlasse am
Arm meines Vaters den Raum. Als ich den Gang entlang
schreite, kann ich den Blick nicht von meinem zukünftigen
Ehemann abwenden, der am Ende auf mich wartet.
Ahmet steht als Trauzeuge neben ihm und Sylvia, als
meine Trauzeugin gegenüber. Die Gesellschaft ist
überschaubar geblieben. Unsere Familien und Williams
Teamkollegen. Aus meinem Freundeskreis ist nur Caro
geblieben, die extra aus Australien angereist ist. Endlich
habe ich den Weg geschafft und die Zeremonie kann
beginnen. Bevor ich William das Ja- Wort gebe, frage ich
die Kinder, ob ich den Papa heiraten darf. Mein eigenes
Ja klingt leise, während Williams laut und deutlich zu
hören ist. Das rauschende Fest läutet unser neues Leben
ein. Und ich bin mir sicher, die richtige Entscheidung
getroffen zu haben- für ein Leben als Spielerfrau.

- W-

Wow, als ich am Trauungsort auf meine zukünftige Frau warte, lasse ich das letzte Jahr Revue passieren. Von unserem ersten Treffen bis zur Geburt der Zwillinge ist eine Menge passiert. Als die Musik ihr Erscheinen ankündigt, drehe ich mich um und muss mich zusammennehmen, um ihr nicht entgegenzulaufen und ihr das atemberaubende Kleid vom Körper zu reißen. Unsere beiden Großen strahlen mit ihr um die Wette, während sie den Weg mit Blumen ebnen. Und unsere Mütter haben je einen Zwilling auf dem Arm. Als ich bei Jessicas Vater um ihre Hand angehalten habe, war dieser nicht begeistert. Es wird noch eine Zeit dauern, ihn vollständig von mir zu überzeugen. Aber nun werden wir die Feier genießen. Ihr Lächeln und ihr leises „Ja" lässt mich zum glücklichsten Menschen auf Erden werden. Auf geht es zu einem neuen Leben als Familienvater.

Danksagung

Ich danke allen, die an mich glauben, vor allen meinem Mann, der mein größter Kritiker ist, aber auch allen, die meine Bücher lesen. Zur Spielerfrau wurde ich durch die Medien inspiriert, jedoch ist die Geschichte rein fiktiv. Ähnlichkeiten mit lebenden Personen bzw. Fußballspielern sind rein zufällig.

Veröffentlichungen
- Lucy und die Bürgermeisterwahl
- Das vergessene Buch
- Die lange Reise- Jans Weg zu sich selbst

In Bearbeitung
- Die Spielerfrau 2-4
- Die Geschichte der van Alpensiepens (Arbeitstitel)
- Aufstieg und Fall der van Alpensiepens (Arbeitstitel)
- Geschichte hautnah - die Landshuter Hochzeit